サイコな黒幕の義姉ちゃん　1

シラー
レンゲフェルト公爵家当主。
クリストフの父親であるが、
その厳格な性格もあってか親
子の交流は少ない。
シャルロッテ
素直で頑張り屋な少女。
レンゲフェルト公爵家に
引き取られ、クリストフ
へ三歳の誕生日プレゼン
トとして贈られる。
実は転生者。
クリストフ
基本的に無表情な少年。
乙女ゲームの中では黒幕と
なって猟奇的な殺人を繰り
返す、サイコパスに育つ。

グウェイン
レンゲフェルト公爵家の家令。
有能ではあるもののシラーの崇拝者な一面も持っている。
マリー
レンゲフェルト公爵家に勤める上級メイド。
グウェインとは夫婦の関係にもある。
エマ
気品に溢れた貴族夫人。
シラーとは知り合いのようだが……。
ハイジ
レンゲフェルト公爵家に護衛として雇われていて、クリストフには剣術を教えている。
その剣の腕前は国の中でも最高峰レベル。

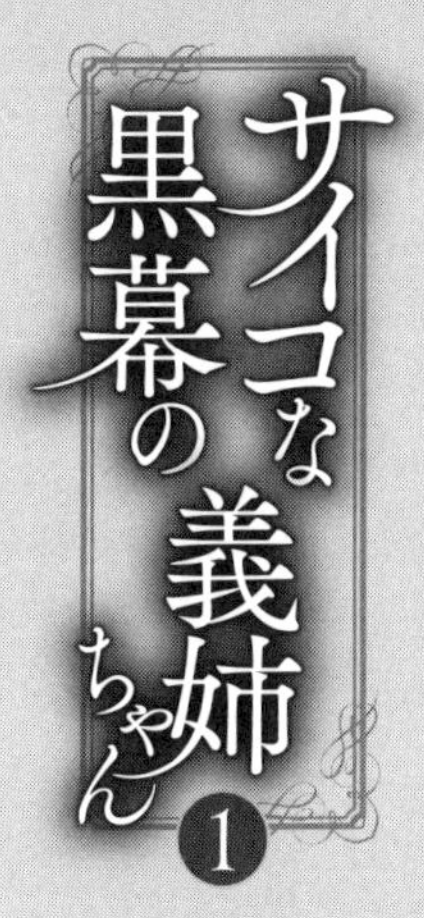
サイコな
黒幕の義姉ちゃん
1

プロローグ

「おねえさま」


舌ったらずの甘やかな声が、こっちを見て、とシャルロッテの名前を呼ぶ。

「どうしたの、クリス」

いつもは大人びたクリストフの、ちょっとした幼さが可愛くて。ふふふ、と笑みがこぼれた。

「どうして笑うんですか」

「なんでもないのよ。クリスが声をかけてくれるのが嬉しいの」

分からない、と小首をかしげたクリストフの柔らかな黒髪を整えるように手櫛で梳いて、シャルロッテは言葉を続けた。

「クリスと過ごせて幸せだなあって思うと、笑顔が浮かんでしまうのよ」

「よく、分かりません」

視線を下げるクリストフの横顔は、少し強張っている様子だった。

柔らかな陽の注ぐ、午後の部屋。

くつろいでソファに背を預け、授業の合間に少しの休憩をとる二人。

どうかしたの、とシャルロッテが問いかけるその前に、クリストフが口を開いた。

「おねえさまは、どうして僕にかまうのですか……？」

それは少し掠(かす)れるような、小さな声。

いつもの淡々としたクリストフからは想像もつかない、少し怯(おび)えたような問いかけだった。

目も合わさずに投げかけられたその声は、クリストフの心の柔らかな部分なのだろう。

「好きだからよ」

とっさに出てきた言葉がそれだけだった。

それでも、伝われと思ってもう一度「大好きよ、クリス」と繰り返す。浮かない顔のクリストフに迫るように、座る間隔をグイグイと詰めて、逃がさないぞとばかりにぴたりとくっついたシャルロッテはクリストフの優しいところ、大好きなところをたくさん思い浮かべて一度口を開いたが、閉じて、一番伝えたいことだけを声にした。

「私は、お姉ちゃんだから。これからもずっとクリスと一緒にいるの」

紅(あか)い瞳がシャルロッテを射抜く。

近距離で絡まった視線を真っすぐに見返せば、徐々にクリストフの顔から強張りがほどけてゆくのが見て取れた。それに微笑みを溢したシャルロッテが「二人で色んなことがしたいわ」と言えば、素直に頷いたクリストフはもう、いつも通りで。

「そろそろ、次の授業が始まります」

「えっ！　早く行かなくちゃ！」

慌てて立ち上がるシャルロッテに、少し考えてから、エスコートするように手を差し出すクリストフ。小さな紳士のその様子に頬が緩むシャルロッテ。

おずおずと添えられた華奢な手に、二人はお互いに歩幅を気遣いながらゆっくりと歩き出した。

「ありがとう、クリス」

「別に」

今はまだ、少しぎこちないけれど。

二人は並んで歩き出していた。

一章　誕生日プレゼントになった

「クリス、誕生日プレゼントの義姉だ。大切にするんだぞ」

つい先日〝義理の父〟となったシラー・レンゲフェルト公爵に背を押され、シャルロッテは一歩前に出た。

今現在、御子息の三歳の誕生日プレゼントに、シャルロッテはなんと〝義姉〟として贈呈されている。理由は単純明快、先ほど背中を押した義父の公爵様が息子の欲しいものをこっそりメイドに聞いたところ『姉を欲しがっているらしい』と情報が上がったからだ。

今日は、公爵家のひとり息子、クリストフの誕生日。

公爵家の邸宅、食堂では今まさに、祝いの夕餉が始まろうとしていた。このタイミングで、父親から息子へと誕生日プレゼントが渡されるようだ。

贈り物はまさかの人間。義理の姉。

(「僕お姉ちゃんが欲しいなぁ」って、小さい子どもなら言うかもね。でも、本当に誕生日プレゼントで〝姉〟って、どうかしてるわよ……)

そこまで考えて、贈られている当の本人であるシャルロッテは小さく嘆息する。

（いやでも、感謝するべきよね。引き取ってもらえなかったら、私、死んでいたかもしれないんだから）

シャルロッテは、公爵家に引き取られたこと自体は感謝していた。プレゼントとして人間を贈るのはどうかと思うが、個人的には悪い話ではなかったので問題もなく、できることなら恩返しをしようと思うほどには恩義を感じている。

クリストフの紅い瞳がこちらを見て、淡々とした調子で父親に礼を述べた。

「ありがとうございます、お父様。名前は？」

幼児はこちらを見つめるも『姉を欲しがっていた』というわりに、まったく喜ぶ素振りはみられない。

公爵によく似た面立ちは無表情のまま、シャルロッテを見つめている。ちなみに親である公爵様も終始無表情で、誕生日会だというのに未だに笑顔は見られていない。

ここに来るまでシャルロッテは中々の苦労の日々を乗り越えてきたのだが、贈られる側のクリストフにとってはあまり関係のないことだろう。しかたがないことだが、少しくらい喜んでほしいなと思いながら義弟を見つめる。

クリストフは、ぱちりと見開かれた瞳は大きく、そして紅い。柔らかそうな黒髪は白く柔らかい頬の上あたりで切り揃えられ、無表情ながらも可愛らしい幼児だ。だがしかし、じっと見つめられて、シャルロッテは背筋にゾワゾワとした恐怖を感じていた。

なぜなら。

（この目の前の幼児がこれから、この世界……乙女ゲームの黒幕になって猟奇的な殺人を繰り返す、

人を人とも思わないサイコパス野郎に成長するんだもんね）

惨殺現場の映るスチルを思い出して背筋に寒気(さむけ)が走るのを気力で抑え込み、シャルロッテは義弟となったクリストフへとカーテシーをした。

ハーフアップに結い上げられた白金(プラチナブロンド)の髪がさらりと陶磁器のような肌の上をすべり、華奢な肩のまわりを流れる。人形のように小さな顔、長い睫毛(まつげ)に縁取られた輝く紫(むらさき)の瞳は不安げにゆらめくも、なんとか口元には微笑みを浮かべて挨拶(あいさつ)を述べた。

「シャルロッテと申します、六歳です。これからよろしくお願いいたします」

（小さな女の子なんだし、笑顔に悪い印象はもたれないはず！）

「僕はクリストフ、三歳。よろしくお願いします」

差し出される、ふかふかとした小さな手。今はまだ、血にも染まっていない、純粋無垢(むく)な手だ。

そっと握れば柔らかく、シャルロッテは決意した。

（この子をまっとうに育てることができれば、私の勝ち。ゲームの黒幕、猟奇的殺人犯にならないようにすればいい。身内から犯罪者が出たら公爵家といえど没落よ。せっかく金持ちに引き取られたんだから、その金でのんびりスローライフを送らせてもらいたい……！）

「さあ二人とも、席につきなさい」

公爵様の指示で、子どもたちの椅子が引かれ、夕食会が始まった。使用人たちが給仕し、誕生日の祝いにふさわしい、豪華な料理が次々と運ばれてくる。

人生で初めて食べる豪勢な料理に舌鼓(したつづみ)を打ちながら、シャルロッテはここに来るまでのことを思い出していた。

二章　思い出す過去と、お迎え

四歳まで、私の名前はシャルロッテ・ヴァーサだった。

人形のように美しい少女だと村でも評判で、みんなに可愛がってもらっていた。ちょっと気が強くて、生意気な女の子だったけど、お母様は私を〝シャル〟と呼び、愛してくれていた。

『シャル、今日もジョンと喧嘩をしたって聞いたわ。ケガしてない？』

『……してない』

『シャルがどうして怒ったのか、お母様に聞かせてくれる？　あなたの気持ちが知りたいの』

『……だって、ジョンが、父親が居ないのは変だって、いうからっ』

『それで悲しくなったのね。シャル、あなたを抱きしめてもいいかしら』

『っ、ぐすっ、うんっ、お、おかあさまっ』

母子家庭でお母様と二人きり、貧しいながらも楽しい我が家だった。幸せだった。でも、四歳になって、お母様は流行り病であっけなく死んでしまった。

「おかあさま、どうして、どうしてなの……」

母を看取ったその夜、悲しみに泣き濡れる私のところへ大勢の神官がやってきた。

母と二人暮らしていた小さな木の家には入りきらぬほどの人数で、家の前にも神官が立ち、近所の人たちが心配して見に来るのを押しとどめていた。

「ヴァーサ子爵令嬢エリザベトの娘、シャルロッテとお見受けする」

白装束のフードを目深に被って顔も見えない男たちは、幼い私を取り囲み、手首を掴んで引き立てた。

「やっ、なんですか！　こないでっ……」

「君はこれより、修道院で暮らすことになった」

「え、でも、お母様は、そんなこと、言っていませんでしたっ、やめてっ！　はなしてっ！　おかあさまぁっ、お母様ぁあ！」

「君の父親の血筋は、孤児となっていいものではない。こちらの管理ができる範囲にいてもらうことになっている。聞き分けなさい」

「しらないっ、しらないっ」

　葬儀の終わらぬまま、冷たき体となった母を家に残し、抵抗むなしく馬車に押し込められた。持ち出せた遺品は、たまたま身に着けていた、母の大切にしていた一粒ダイヤのネックレスだけ。

　後から、家にあった全ての物は検品された後に焼却処分となったと聞いた。

　母の遺体はしかるべき場所に収められた、とも。

「おかあさまのもの、かえして！　かえしてよぉっ」

　いくら泣いても、燃えたものは戻らない。

　母の葬儀もしてやれない。

　なんて、むごい。

　シャルロッテ・ヴァーサは四歳にして、多くのものを失った。

「あれらは、あなたのものではありません。あなたの父君に関わるもの全ては、管理されなければならないのです」

「知らない人だわ！　私には、お母様しかいない！」

「いいえ。あなたは、父君そっくりです。髪も、瞳も、その顔も。あなたは、その血から逃れることはできません」

「そんなの知らないっ」

「あなたは、管理されるべき物の一つなのです。あなた自身が燃やされなかったことに感謝しなさい」

シャルロッテの父親というものは、どこぞの高貴な血筋であったらしい。

母は、父親についての一切を、シャルロッテには告げていなかった。そのために、母は貴族のお嬢さんだが父親は平民で、若くして亡くなったと思っていたのだ。周囲の村人たちも、駆け落ちした気の毒な貴族のお嬢さんと思って、なにくれとなく世話を焼いてくれていた。

父親が貴人であったことは衝撃だった。

そういった理由で、シャルロッテはどこにあるかもわからない修道院に閉じ込められた。

ヴァーサという家名も二度と名乗らないことを誓わされ、ただの、何も持たないシャルロッテとなってしまったのだ。

シャルロッテには、世界の全てを奪われたようだった。

「家に帰してっ！　いやぁ、おかあさまぁっ、いやあああ！」

修道院では、泣き、わめき、暴れた。

なにより一番、母の葬儀ができなかったことが悔しくてたまらなかった。

ある日。

シャルロッテはこんな場所から逃げ出して家に帰るんだと、窓から脱走を試みた。

小さい体でうまく窓枠を乗り越えたはいいものの、外壁のレンガに足をかけたところで滑って落下。植木に突っ込み事なきを得たが、建物の二階から落ちる衝撃で意識を失い……。

プツンと糸が切れるように、幼いシャルロッテの精神は死んでしまった。

❦ ❦ ❦

幼い精神が死んだ〝シャルロッテ〟は、空の肉体になった。

魂（たましい）がなければ、肉体は維持できない。

生命活動を維持するため、生存本能が奥深くに眠っていた前世の記憶を引っ張り出してきてしまったらしい。そうしてシャルロッテは、幼い自分の死の瞬間、前世の記憶を思い出したのだった。

日本という国で生まれ育ち、社会人として働いていた記憶。

なんとなく生きていた、ぼんやりとした情報。

まるでドラマを見ているかのように、ひとりの女の人生が、脳内を駆け抜けていった。

そうして小さな体に大人の精神が宿り、目覚めた時には、自分の不遇な状況を受け入れていた。

泣くこともわめくこともなく、淡々と日々を過ごすようになったシャルロッテに、修道女たちは『神のご加護があったのだ』と言った。

（自分がまさか、異世界転生をするとは。本当に神様が居るのかもしれない）

シャルロッテは何食わぬ顔で過ごしながら〝この世界〟を観察していた。景観は前世でいう中世ヨーロッパに近い。しかし、電気のようなエネルギーが既にあるらしく、生活は至って快適。上下水道の整備もしっかりとされているので、なんちゃってファンタジーの世界といった感じである。

（もしや、何かの物語の世界だったりするのかしら）

今のところピンとくるものはないが、いつか何かを思い出すかもしれないと、シャルロッテは内心で期待をしていた。この記憶で一攫千金できれば、将来も明るいだろうと踏んでいたのだ。

（お母様も言ってたもの。『お金は、あればあるだけいいわよ』って）

貴族であった母が市井に下って生きることは、大変な苦労があったと思う。それでも決して腐ることなく、しなやかに生き抜いた、素晴らしい人だった。

ほっそりとした手を叩いて、感激したように、シャルロッテを褒める母の姿を思い出す。

『まあシャル、とっても上手よ』

『えへへっ。お母様のマネするの、すき！』

お母様の死後は修道院の外へ一歩も出ることは叶わず、読書と修道女による授業のみが許される行動となった。母の教育は、それなりに水準が高かったらしいと知ったのはその時。シャルロッテのマナーは、元大貴族だという修道女にも絶賛されるレベルに仕上がっていたのだ。

そうして二年を過ごし、六歳になってしばらくした、ある日。

シャルロッテは普段は入ることを許されぬ、修道院の応接室へと呼び出された。天使と女神、愚かな人間が描かれた美しい壁画を横目に、彼女は布靴に包まれた小さな足を動かして、できるだけ急ぐ。

（院長先生があんな顔をするなんて、ただ事じゃない）

先ほどシャルロッテを呼びに来た院長は「すぐに応接室へ向かうように。高貴なお客様です、失礼のないようになさい」と告げた。彼の顔色は、周囲に緊張が伝染るほど青白く、よっぽど怖い〝お客様〟であることが察せられる。

到着したドアの前に立つ。

呼吸を整え、心を落ち着けた。

（お母様、私……見守っていてくださいね）

背筋を伸ばし、顎を引き、肩の力を抜く。コンコン、と二回ノックをすると「入りたまえ」と低い男の声がした。息を吐き、そっとドアを開ける。

線の細い貴族然とした男、濡羽色の黒髪をオールバックに撫でつけた彼は、シャルロッテを見て少し驚いたように瞠目した。

しかしその感情の揺らぎはすぐに隠され、心地よい低い声が部屋に響く。

「シラー・レンゲフェルトだ。爵位は公爵。初めまして、レディ」

（公爵！　貴族の中で最高位、院長もあんな顔する訳ね）

頭を軽く下げてからドアを閉め、あらためてカーテシーをしながらシャルロッテは挨拶をした。

「初めまして、シャルロッテと申します。レンゲフェルト公爵様に、御目文字叶って光栄に存じます」

彼は、頭を下げる彼女をじーっと、頭のてっぺんからつま先まで検分し「顔を上げなさい」と言った。お声がけ通りにシャルロッテが顔を上げれば、薄紫色の瞳がこちらを冷たく見下している。

「息子のクリストフが姉が欲しいというので、誕生日プレゼントに君を贈ろうと思う」

レンゲフェルト公爵は、背丈も大きく、冷たい印象から恐ろしく感じる。目つきが悪くて顔も怖い。しかし恐怖以上に、言われていることが理解できず、シャルロッテは固まってしまった。

(ん？　プレゼント……？　え、姉？　姉って、プレゼントするものだっけ)

動かないシャルロッテを数秒見つめると、彼は再び口を開いた。

「君を管理する費用は、今後削減される見通しだ。どこの誰が財源を割り振っているかは知らないが、そのうち荷物のように処分されることをお望みなら、ここに残りたまえ」

荷物のように処分されると言われて、あの日の記憶がシャルロッテの脳裏にフラッシュバックする。何もできずに、馬車に押し込められて、なくなってしまった、幼き日の全てのもの。

光を反射して暖かく光った金色の時計、花模様の緑のランプに、天使の描かれた絵。柔らかにほほ笑む、母の笑顔も。暖かな部屋を形作る全てのものは、燃やされ、跡形もなく消えてしまった。

ぎゅ、と手を握りしめて、わずかに息を吐く。

(こんな歳で死んで、燃やされてたまるものですか)

「レンゲフェルト公爵様、そのお話、謹んでお受け致します」

足を引き、腰を落とし、頭を垂れる。シャルロッテが恭順の意を示せば、彼はふむと頷いた。

「契約は成立だ。半刻やる、荷物を持って馬車へ来なさい」

公爵は音もなくシャルロッテに歩み寄ると肩を軽く叩き、横を通り抜けドアを開けた。

いつの間にか廊下に立っていた院長に「それでは」と声をかけて、そのまま廊下をずんずんと進んで行ってしまった。

シャルロッテは慌てて院長に事の次第を伝え、大急ぎで荷物をまとめるため部屋へと戻る。ずいぶん急いだけれど、持ち出すものは母の遺品のネックレスくらいで、あとは持っていくものは何もなかったため、荷造りはすぐに終えた。部屋にある全てのものは、修道院から借りているものだった。

その後は荷物を持ったまま、関わりのあった人たちへ挨拶をしていく。

教鞭をとってくれていたシスターのひとりを見つけて、はしたないとわかりながら駆け寄るシャルロッテ。その様子に、彼女はハッとして、みるみるうちに目に涙をためて膝を折った。

「シスター、私は、外へいくことになりました」

「っ……、それは、すぐなのね」

「はい。すでに馬車が待っています」

「こんな日が来ることを、恐れていたの……ああ、なんてこと……」

彼女は、元貴族ながら神の花嫁となった、まだ年若い修道女だった。シャルロッテの母のこと、もしかしたら、父のことさえも、知っているようで。よく可愛がってもらったのだ。

「きちんと食べて、よく眠るのよ。あなたが元気でいてくれれば、それだけでいいのだから。生きて。逃げたっていい、かならず生きていて」

彼女は「貴女様の行く末に、幸多からんことを」と祈り、少女の細い体を抱きしめた。誰かに抱きしめられるのは、ここに来て初めてのことで、シャルロッテは小さく驚き、むずがゆい喜びを感じた。額を彼女の黒い修道服にすりつけてから、未練を断ち切るように体を離した。

シスターから離れて、馬車までの石階段を下りながら、シャルロッテはあふれる涙を手の甲でぬぐっていた。それは転生したことに気が付いてから、初めての涙だった。

『シャル、あなたの笑顔は、天使のように可愛いわ！　さ、笑って。笑えば、元気がでてくるんだから』

シャルロッテはお母様の言葉を思い出し、きゅっと口角を持ち上げる。

二年間暮らした、おそらくもう戻れない、神の家。

しかしシャルロッテは振り返ることなく、馬車へと乗り込んだ。


公爵様との無言の馬車旅は、時間の感覚が狂ったように長く感じた。途中で何軒か店に寄り、服などの生活品を買いまわってくださったので、悪いお方ではないと分かってはいるのだが……。

（顔が怖いのよね、せっかくイケメンなのに目つきが悪い）

修道院から公爵家までは、寄り道含めても一日でたどり着いた。そのため、そう遠くなかったのではないかと推測される。

そうして到着した公爵家は、修道院よりも大きく、シャルロッテを威圧した。

門扉は重厚で大きな鉄製、門番が控え、馬車が来るとギギギギと音を立てるかのようにゆっくりと開く。

（大きすぎる。広い……もはや城では？）

屋敷から少し離れたところで下車し、シャルロッテは美しい庭に感動した。
どこも手入れが行き届き、鮮やかな花がセンス良く配置され、噴水が美しい水の曲線を描く。奥に見える屋敷も巨大かつ荘厳で、やはり小さな城のようだ。

「ついてきなさい」

歩き出す公爵様に慌ててついて行けば、屋敷の前に十人ほどの使用人が並んでいる。ザッと一糸乱れぬお辞儀をする彼らに「戻った」と声をかけた公爵様は、先頭のメイドと、執事らしき人を目線で呼び寄せる。

「家令のグウェインと、メイド長だ」

公爵は二人を紹介した後、メイド長と紹介した女に向かってシャルロッテの背を押した。

「これをクリスの誕生日にやることにした。大切にするように」

「かしこまりました」

「誕生日までは隠しておけ、プレゼントだからな」

そうして外套と共にメイド長に預けられたシャルロッテは、去りゆく公爵と、後ろに続く家令の背中を見送った。振り返ったメイド長は神経質そうな顔をした痩せた女で、シャルロッテを上から下までジロジロと見るとこう言った。

「今日は修道院に行かれたと思っていたのですが、オモチャを持ち帰るなんて……」

「あ、いえ。クリストフ様の義姉に、という話でした」

右の眉毛だけを器用に吊り上げたメイド長は「そのような話は聞いておりませんよ」と言うと眉毛を元の位置に戻した。

「でも、シラー公爵様はそうおっしゃいました」

シャルロッテの言葉に、彼女は苛立ちを隠そうともせずにため息を一つ吐いてから「ついてきなさい」と、早足で歩き出す。それに歩幅の小さなシャルロッテは必死で追いつき、メイド長に連れられて使用人の部屋がある棟へ移動した。

「クリストフ様に見つかってはいけません。プレゼントなのですから」

公爵令息である彼に見つからないようにするためには、使用人棟に隠しておくのが確実らしい。

「本館のお部屋をご使用されますと、気づかれる可能性がございますので、使用人棟にしばらくは隠れていただきます。クリストフ様のお誕生日まで、絶対部屋の外には出ないでください。トイレと、水道もついておりますし、修道院よりかは、じゅうぶんなお部屋かと存じますわ。お荷物はすでにこちらのクローゼットに収納してありますからね」

クローゼットを開ければ、先ほど公爵様に購入していただいた洋服などがかかっている。さすが公爵家、仕事が早い。

「わかりました」

「お食事もこちらに運びます。他にご入用のものは？」

「あ、あの。本を読みたいです」

「本……？　絵本ですね。後ほど持たせます」

メイド長ともなると、忙しいのだろう。室内の説明をサラリと済ませ、軽く頭を下げるとあっという間に去って行ってしまった。

（メイド長さん、私が義理の姉になるって知らなかったからあんな態度だったのかしら……まあ、

誕生日まではあと二日と言っていたし、本があれば部屋で過ごすのもつらくないわね）

　ベッドに腰かけて部屋をぼーっと眺めていると、コンコンとドアを叩く音がしたので「どうぞ」と声をかける。気が付けば結構な時間が経っていたらしく、シャルロッテの背筋がぎしりと痛んだ。

（……ん？）

　ガチャリと挨拶もなくドアが開くと、お仕着せを身にまとう、赤髪を短く刈り上げた少女が部屋に入ってきた。年は十二、三歳といったところだろうか。ふっくらとした体型で、エプロンのリボン結びの部分がお腹に乗っかりずり上がっていた。後ろ手にバタン！　とドアを閉じる不作法に、シャルロッテは思わず眉をひそめる。

　彼女はそんなシャルロッテをジロリとねめつけて、腰に手を当ててため息をついた。

「ちょっとアンタ、はやく着替えなさい」

　赤髪の少女は、その髪色のように苛烈な性格らしい。彼女が着ているのと同じようなお仕着せだろうか、黒い布の塊をシャルロッテの顔面に投げつけた。

「きゃっ！」

「ボーっとしてんじゃないわよ。私はザビー、ザビー先輩って呼びなさい。ほら、はやく立つ。裏庭の掃除言いつけられてるんだから、一緒に行くわよ」

　高圧的な物言いに戸惑いながらも、ベッドに座ったまま答える。

「わたくし、クリストフ様のお誕生日までこの部屋から出ないよう、メイド長から言い付けられておりますので」

緩やかに首を振って拒否をすると、なんと彼女は舌打ちをした。

「チッ、玄関で聞いてたわ。アンタ、クリストフ様の誕生日プレゼントらしいじゃない。それって別にアンタじゃなくてもいいわけでしょ、修道院から来た孤児でいいなら私でもいいじゃない！　私と替わりなさいよ」

「いや、あの……」

シャルロッテは「義理の姉になるのです」と口を開こうとした。が、ザビーはこちらへとやってきて、なんと、シャルロッテが座るベッドを蹴りつけた。

「口答えしないで。アタシのほうが絶対うまくやれるわ。四の五の言わずに頷きなさい！　……お腹をたくさん蹴られるとね、食べたものが口から出ちゃうのよ。やられたい？」

ザビーはニヤニヤとしながらガン、ガン、とベッドを蹴るので、シャルロッテはたまったものではない。

「もうすぐメイド長が戻ってきますよ！」

「チッ……直接見られるのはマズいわね。後でまた来るから、着替えておきなさいよ」

メイド長の名を聞いたザビーは悔しそうな顔で舌打ちをすると、最後に肩をドンと押した。そのまま部屋を出て行ってくれたが、シャルロッテは茫然（ぼうぜん）として、しばらく動くことができなかった。

（ありえない。なにあれ）

しばらくして、何冊かの絵本を抱えてやってきた他のメイドに、シャルロッテは先ほどのことを話したが、困ったように首を振られるだけだった。それならばメイド長を呼んでくれと言っても取り合ってもらえず、面倒ごとに巻き込まないでほしいといった顔でこう言われてしまう。

「メイド長はお忙しい方だから、私なんかが軽々しくお声がけできないの。クリストフ様の〝誕生日プレゼント〟とは聞いているけれど、義理の姉になるとは聞いていないし、そんなこと報告したら私が怒られちゃうわ。……部屋に人が来るのが嫌なら、鍵をかければいいのよ」

肩をすくめた彼女は、それだけ言うとさっさと退室してしまう。

（玄関での公爵様の言い方がよくなかったのかな）

シャルロッテを『クリストフ様の誕生日プレゼント』とだけ認識したメイド長……そして使用人は、シャルロッテを坊ちゃまの遊び相手か何かだと思っているらしく、扱いが雑だった。

（話が通じそうな人と会い次第、相談しよう）

そう心に決めるも、シャルロッテは見通しが甘かったことをすぐに後悔することになる。

「これアンタの夕飯なんだけど、私が食べてあげるわ！」

「……は？」

ドン、と机に食事のトレイを置いたのは、先ほどベッドを蹴りつけたザビーだった。

今度はノックもなくいきなり部屋に入ってきて、冒頭のセリフ。

シャルロッテはあまりの不作法に身の危険すら感じて、座っていたベッドから立ち上がり、彼女から離れようと後ろに下がった。

「どうせ私のものになるし、いいわよね」

そう言いながら、トレイから勝手にパンを持ち上げてかじり「わあ、やわらかくておいしい。こんなの毎日食べられるなんて！　最高！」とのたまった。

あまりの身勝手さ、理不尽な言い分に、もはや知らないイキモノを相手にしている気分になったシャルロッテは会話をあきらめた。無言のまま、手を出されそうになったら逃げようとザビーの動きを注視する。ちらりと見えた机の上にのせられた食事は、修道院ではお目にかかれない肉が載った、豪華なものだった。

（わー、お腹空いた。久し振りのお肉なのに！）

「一食くらい食べなくても死なないでしょ。なんか食べたきゃメイド服着て私と替わりなさい」

そう言って、ザビーは立ったままトレイから皿を持ち上げ、なんと皿に口をつけて、フォークで掻き込むように食べ始めた。あまりの行儀の悪さにシャルロッテは絶句してしまう。

次々と皿を空にして、カシャンとカトラリーを皿の上に放り出した時には、全ての食べ物はキレイになくなっていた。

「すんごい美味しい！　やっぱ貴族っていいモン食べてるわね」

「……。」

「あ、水差しの水も足すように言われたけど、自分で取りに行きなさいよ。何様だっつーの。トレイは、しかたがないから返しておいてあげるわ。アンタ、明日は私の仕事手伝いなさい。タダでメシが食えると思ったら大間違いだからね！」

言い捨てるようにして彼女はトレイを持って去って行く。

（いや、私、ご飯食べてないんですけど……）

あまりの事態に暫く体が動かなかったが、たっぷり三分は経ってから、とりあえずドアに鍵をかけることにした。訴えても無駄だったが、これはあまりにもひどい。悠長に相談できる人を待っていたら、その間にひどい目に遭わされるに違いない。

（食べるなら働けと言われるなら、いっそ食べないでおくのもありね）

たしかにザビーの言う通り、少しの間食べなくても死にはしない。あの暴君ザビーと関わる方が精神的に苦痛と判断したシャルロッテは、鍵をかけて籠城しようと決めた。メイド長か家令が来たら鍵を開けよう。

（話の通じない使用人たちに、何を話しても無駄。最悪、二日後の誕生日になれば呼びに来るでしょう）

ため息をついて、シャルロッテはとりあえず身を清めて寝てしまおうと考えた。

トイレの横に、小さな水道と洗面ボウルがあった。クローゼットを漁り、手ぬぐいサイズのタオルを見つけ出すと、修道院から着てきたワンピースを脱いで、タオルを湿らせて体を拭く。そうすると少し気持ちが落ち着いた。

（なーんでこんな目に遭ってるんだろう。公爵家の養子なんて、少なくとも生活は保障されていると思ったのになあ）

ため息をつくが、現実は変わらない。

湿ったタオルを握りしめながら、シャルロッテは早く寝てしまおうと支度を急いだ。

そうして床に就いてから、しばらくして。シャルロッテは夜半に目が覚めた。

（のど、かわいた……）

起き上がり水差しからコップへ水を移すも、半分も満たされぬうちに水瓶は空になってしまった。

「あぁ、ザビーがなんか言ってたわね」

けだるい体で窓の外を見れば、月が高く西の空に輝いている。もう夜更けのようだ。今ならば、ザビーおよび他の人間に会わずに水を貰えるのではないか。そう思い、シャルロッテは水差しを抱えて鍵を開け、廊下の様子を確認した。人の気配はない。

（今しかないわね。行ってみましょう）

この棟に案内された時に、おそらく食堂だろうという場所に目星がついていた。修道院でも食堂に個人の水差しに給水できる樽（たる）や水瓶が置いてあったので、行ってみる価値はあるだろう。

そろりと足を踏み出して、部屋を出た。部屋が分からなくならないように、ドアノブに靴下を結び付けておく。静まり返る薄暗い廊下を進み、階段を下りる。しばらく進めば、すんなりと目的地に到着した。

食堂に入ると、分かりやすく水瓶が壁際にならんでいる。

（ビンゴ！　これで明日も部屋にこもってやりすごせるわ）

シャルロッテはできるだけいっぱい給水して、重くなった水差しを両手で抱える。

そうして、さて退散するか、と顔を上げたその時。肖像画が飾られていることに気が付いた。

（これ、レンゲフェルト公爵様だ。ということは、横の男の子が……クリストフ？）

肖像画の中で佇（たたず）む黒髪の美幼児。ふっくらとした頬などは幼い顔の曲線だが、気品が漂う。顔の造形は左右対称で、作り物めいたその美貌は天使のようだ。しかし、その瞳は血液のような赤さで描かれ、白い肌の中で爛々（らんらん）と輝いている。

「ん？　この顔、どこかで……」

シャルロッテの知り合い、特に男の子となると、そう多くない。

誰だろうと頭をひねって、ひねって、うーんと考える。紅い瞳の男の子……？


瞬間、頭の中で記憶が駆け抜けた。


そうだ、これは、前世の記憶だ。

スマートフォンを握りしめて、ゲームをしている。その手で輝くその画面に映るのは、あか、赤、紅い色。

液晶の中には、夕暮れ時の赤く染まった教室が映し出されている。泣き崩れる女の子を、胸に抱きながら紅い瞳で嗤(わら)うクリストフ。足元には血だまりと、倒れ伏す男子生徒。

（これ、乙女ゲーム〝君が欲しい〟のワンシーンだ）

〝君が欲しい〟は、大人気ノベル型ミステリー乙女ゲーム。学園で起きる連続殺人事件を解決するために、生徒会に所属するヒロインが、謎解きをしながら恋をする物語だ。メインは謎解きだが、恋愛要素もあり、プレイヤーの選択によりエンディングが変わる。

（ヒロインの名前なんだっけ。姿は覚えてるのになあ。クリストフは超メインキャラ。生徒会の副会長で、容姿端麗(たんれい)頭脳明晰(めいせき)なインテリ系イケメン）

そう、クリストフは副会長。生徒会の仲間とともに犯人を追うフリをしながら、猟奇殺人を繰り返していく黒幕。天才的な頭脳と、欠如(けつじょ)した人間性を併せ持つ彼は、ヒロインを手に入れるために殺人を繰り返すヤンデレサイコパス野郎なのだ。

（たしか、歪んだ愛情から『ヒロインの周囲に誰もいなくなれば自分を選ぶだろう』と、生徒を次々と猟奇的な殺し方をして回るのよねクリストフ。捜査のかく乱のために、無関係な人たちも殺されてしまうし。今はこんなに可愛いのに、どうして）

ゲームの最後にチラっと出てくる、幼少期のスチルそのまんまの肖像画。

黒髪紅目の、美しい幼児だ。表情はうっすらと微笑みを浮かべ、天使のようにも見える。

ゲームでは、クリストフが真犯人だとわからないとバッドエンドになってしまう。「永遠に僕のものになってよ」と言いながら彼はヒロインを殺す。トゥルーエンドだと「何がダメだったのか、よく考えてからまた来るね」と、その姿を消すストーリーだった。

とにかくあふれ出てくる記憶に、シャルロッテは目の前がクラクラした。

（横になりたい。考えを、整理しないと。なにか書くものあったかしら）

重たい脚を引きずって、シャルロッテは部屋に戻る。同じようなドアが続いていたが、靴下を巻いていたおかげで、思考停止をしていても部屋はすぐに分かり無事に帰ることができた。

水差しを置いて、ぼうっとしつつも、しっかりと鍵をかける。混乱していても、ザビーの恐怖は忘れていない。

ごろりと横になり、深く息を吐いた。

（そもそもだけれど、クリストフって一人っ子だったはずよね。家族からの愛情に飢えていて、ヒロインに母親を重ねるみたいな設定あった気がする……。公爵様には会ってるけれど、公爵夫人はどこにいるのかしら）

シャルロッテの記憶の中で、クリストフというキャラクターは人間性に欠如した悪役であった。

周囲の反応を見てマネをしているだけで、実は人の気持ちなんてこれっぽっちも分かっていないのだ。

ゲームの一幕に、ヒロインが階段から転落して骨を折るシーンがある。居合わせた彼は「骨折で死ぬことはない、よかったな。さあ、生徒会室に行こう」と笑顔で言って立たせようとしてくるので、ヒロインがクリストフに疑念を抱くのだ。こいつ、もしかしてやばいやつ？　って。ヒロインちゃん、大正解です。

（やばい、ゲームのクリストフ、かなり怖かったもんね……。私も殺されちゃうのかな。いやいや、弱気になってどうするの。まだクリストフは三歳だし。今のうちに愛情たっぷり注いで育てれば、家族を殺したりはしない、かも）

幼少期の環境は、人格形成に大きな影響があるはずだ。

それはゲームのキャラクターといえど、きっとそうだろう。

というか、前世というアドバンテージを持った人間が紛れ込んでいる時点で、シャルロッテの知っているただの〝ゲーム〟ではないのだが……と、考えれば考えるほどこんがらがってくる思考に、シャルロッテはブンブンと頭を振った。

（とりあえずゲーム知識は参考程度に、生き残ることを目標に！　クリストフを真人間にする！）

シャルロッテは一応の結論を脳内で出して、そのまま目を閉じて眠りの世界へと身を投げた。考えることが面倒になって、思考を放棄したともいえる。

（私は前世を思い出さなかったら、本当は、修道院で死んでたのかもしれないわね……）

どれくらいたったのだろうか。シャルロッテの意識は、くぐもったドア越しの怒声によって強制的に浮上させられた。

「ちょっと！　鍵なんかしていいと思ってるの？　せっかくご飯もってきてやってんのに、ふざけんじゃないわよ！　このっ、クソがっ」

（うるさいなぁ……、まだ眠いんだけど）

「アンタただじゃおかないわよ！　早く開けろって！」

ガンガンとドアを蹴りつけられる音で目が覚めた。十中八九、ザビーだろう。

鍵をしていてよかったと思いながら、さすがに寝ていられるほど神経は図太くない。そろりそろりと音をたてないよう起き上がった。

「中にいるのは分かってるのよ！　開けなさい！　アンタ、どうなっても知らないわよ！　チッ、オイッ！」

（まるで破落戸みたい……。天下の公爵家でも、質の悪い使用人がいるのね）

ベッドに腰かけて、室内履きに足を通す。柔らかい革でできた靴で、昨日公爵様に買っていただいた、非常に質の高い品だ。紐を結んでいる間もずっとガンガンとうるさい音が響いていたが、靴を履き終えたあたりでぴたりと止まった。

（行ったのかしら？）

そろりそろりとドアに近づき、耳をそばだてると、ムシャムシャと咀嚼音が聞こえる。

「んっま……ムシャムシャ……これは絶対私のものにする……」

まさか廊下で食べるとは。

シャルロッテは驚きに身を固くして、気配を殺すようにその場にしゃがみ込んだ。

「っぷはぁ、うまかった……ちょっと！　あんた出てきなさいよ！　仕事サボる気？　まったく、私が片付けておいてあげるわよ！　感謝しなさい！」

最後にガンガン！　とドアを蹴りつけて、好き勝手言いながらザビーはどこかへ行った。

シャルロッテはそっと息を吐き、立ち上がる。

（あまりにガラが悪くてびっくりしていたけど、本当に信じられない使用人……。ああ、お腹空いた）

コップにトポトポと水を入れて、グイッと飲んで空腹を紛らわす。

じっとしていても時間は過ぎないので、頭の中を整理しようと、昨日買ってもらったペンとインクを用意。水差しを端っこへ寄せてスペースを作り、羊皮紙（ようひし）を広げる。

（ゲームの情報を整理しよう。誰かに見られてもいいように、日本語で書いておこうかな）

日本語だが、ほかにも日本を知っている人間がいるとも限らない。直接的にクリストフのことを書くのはまずいだろうと思い、彼を〝容疑者X〟として、未来に起きる出来事を次々に書き出していった。

（細かいところまでは覚えてないけれど……）

学園は十歳から十六歳の貴族が通うところで、男子が八割のイケメンパラダイス。実は、この世界は女性がそもそも少ない。そのため女性は大切にされ、特に貴族の子女は家から出されない場合もあるほどだ。学園の生徒はほぼ貴族だが、稀（まれ）に平民の中でも優秀な人間が特別に入学する場合があって、ヒロインはそのクチだった。

(ヒロインは家が貧しい関係で奨学生として途中で入学してくる……選択肢によってはちょっとエッチな展開もあるゲームだったから、最後二年くらいで入ってくるのかな?)

カリカリと羊皮紙に〝十四歳　転入生?〟と書き加える。そこから矢印をひっぱり、ヒロインが選べるルートを書き出す。副会長のクリストフ、会長の王子、会計、書記、と書き連ねて、シャルロッテは首をひねった。あともう一人いた気がするが思い出せないのだ。生徒会なんだから庶務だろうかと〝庶務?〟と謎のルートも一応書きつけた。

シャルロッテは王子とクリストフのルートしかプレイしたことがない。しかしこうして書き出してみると、会計は宰相の、書記は騎士団長の息子だったことを思い出した。クリストフも公爵子息、会長に至っては王子と、結局、少女の夢は地位と権力とイケメンなのだと実感する攻略対象者たちのラインナップに苦笑いが浮かぶ。

図式的に色々と書き込みをしていくと、羊皮紙はびっしりと黒い文字で埋まった。

(このゲームってミステリ系だったから、別にヒーローたちの悲しい過去を救う!　みたいなイベントは存在しない、はず。あんまりよく覚えてないなぁ……でも、私に今できることとまったくないわね)

一通り書き終わったので、シャルロッテはペンを持って立ち上がり、手洗い場で小瓶に水をためて、ペン先のインクを抜いた。水に青黒いインクが溶けていくのを眺めて「これからどうするべきかなぁ」とつぶやく。

(とりあえずは、義弟(おとうと)になるクリストフと〝普通の家族〟みたいになれるといいな)

直近のシャルロッテの生死にかかわる問題だ。正直、学園には通わなければ関係ない。

もちろん「義弟がシリアルキラーでした！」なんて醜聞は大スキャンダルだろうから避けたい。

だが、まずは目先の目標だ。とにかく、シャルロッテは死にたくない。

ゲーム内でクリストフがいかにして歪んだかは、直接描写はなかった気がする。ただ、幼少期のスチルとともに、誰からも愛されない幼少期だった、と解説があったのだ。

（私の愛で大満足！　な感じになれば、変な事件を起こして日常を壊したりしない、はず。最悪、学園で連続殺人事件が起きたら、クリストフを屋敷に監禁できれば止まるわけだし）

「まずは私の、公爵家での地位向上を目指しましょう」

ペン先もキレイになったところで、結論もでた。

ご飯も食べられない立場から、地位向上を図るのだ！　と、すっきりした気持ちで、ペン先の水気をちゃっちゃと切っていると、再び入口のドアからガンガンと音がした。うわ、来たと思いながら、そーっと顔をのぞかせてドアを見る。

ガンガンと断続的に音が響いていたが、しばらくしてあきらめたのか音が止んだ。

（お、もう行ったのか）

浴室にいたので今回は声も聞こえず、ストレスフリーだったので、シャルロッテは今度からザビーが来たら浴室へ逃げようと心に決めた。

一生懸命頭を使って思い出したりなんなりして疲れたのだろう。シャルロッテはベッドにごろりと横になって、少しだけ、と思いながら目を閉じた。

「開けなさい！　夕食持ってきてあげたのよ！　ちょっと！　いるんでしょう！」

ガンガンと響く音とドア越しの怒声に、再び目を覚ます。嫌な目覚ましである。

シャルロッテは起きる気になれず、もぞりと体勢を変えて、目をつぶった。

「ちょっと、お願い開けてちょうだい」「どうしたの？」「お夕飯よ、お腹空いているでしょ」「今日もおいしいパンよ」「部屋に入れてちょうだい」「ねえったら！」

しばらくすれば、またドアの前で食べてどこかへ行くだろうと思って息をひそめていたが、今回はどうにも長い。おかしいなと思って身を起こす。

（なんで諦めないの……？）

「あなたが心配なの！　どうして開けてくれないの、なにかあった？　ほら、ご飯ここに置いたらみんなの邪魔になっちゃうから、受け取って！　お願い、ドアを開けてくれるだけでいいのよ」

シャルロッテはピンときた。これは、周りに誰かいるのかもしれない、と。だって言葉遣いが今までに比べて、丁寧すぎるのだ。

（声かけるなら今なのかも。ザビーに言っても、メイド長に伝わる気がしないから、近くに誰かいるなら、伝えてほしい）

ベッドから起き上がって、シャルロッテは素足のままドアの前までそーっと移動した。ドキドキする胸に手を当てながら、できるだけ大きな声を出そうと息を吸い込む。

「メイド長か、家令を呼んでください！　でなければ食事もいりませんし、部屋からも出ません！」

シャルロッテの声は思ったより大きく、廊下によく響いた。

「ハァ？　何言ってんのよ、バカじゃ……。どうしてそんなこと言うの？　私になんでも話して！

先輩として心配なの！　お願い、ドアを開けて！」

「メイド長か家令を呼んでください！」

「チッ！　っふざけやがって……、話し合いましょう！　いきなり連れて来られて、つらかったのね。まだ小さいのに、奴隷として売られるなんて可哀想に……、ぐすん、私はアナタの味方よ！」

クサい芝居をするザビーにムムム、と眉根が寄る。

「私はここに来てから、何も食べていません！　食事は取り上げられています！」

「っちょ！　ま、また来るわ！　また来るからね！」

聞かれたらまずいことをシャルロッテが言うと、ザビーは慌ててどこかへ行った。

どのみち、明日はクリストフに渡される日だ。明日中には誰か来るだろう。

（それより早く来てくれれば、ご飯を食べさせてほしいな）

お腹が空きすぎてピークを過ぎているためか、不思議と空腹感はない。そのため、最悪明日の夜でもまあいいか、といった心もち。

コップに水を注ぎ、飲み干した。水差しの水も少なくなってきたので、夜中にまた行こうと思いながら、羊皮紙を手に取る。

（さて設定は、これ以上思い出せることないかな）

ベッドに腰かけて紙を見直しながら、書き足すべきところがないかを考える。じっくりと読み込んだが、このままで大丈夫そうだ。

「ふぅ……」

結構時間が経っているのかもしれない。肩がこわばっている。全身の力を意図的にぬいて、だらりと脱力した。ぼすん、と仰向けになって天井を眺める。

目を開けたままボーっとしていると、コンコンコンという控えめなノックの音で意識を引き戻された。

(絶対ザビーじゃない……誰だろう)

『失礼いたします。シャルロッテ様、上級メイドのマリーと申します』

「少々、おまちくださいっ!」

シャルロッテは慌てて体を起こして室内履きを履いた。知らない名前だが、話しかけてくる声は丁寧で、ザビーのように乱暴をしそうにない。髪の毛を手ぐしで整えて、服の裾(すそ)を簡単に整えた。

ドアの前まで移動して、鍵を開けようとしたが……。万が一、ザビーがいて殴り掛かられても困ると思い直して、シャルロッテは声をかけた。

「マリー様は、今お一人でいらっしゃいますか?」

「いいえ、わたくしの他にメイドが二名おります」

「他の二名は、私の部下の上級メイドでございます」

「ございません。私の部屋に来たことがありますか?」

「……分かりました。開けますので、ドアから離れてください」

ひとまず安心して、ドアの鍵を開けた。

(マリーというメイドは……話、ちゃんと聞いてくれるかしら)

シャルロッテは少し悩み、間を置いてからそっとドアを開けると、メイドが深々とお辞儀をしていた。

「顔、上げてください。中へどうぞ」

「失礼いたします」

足音もなく室内へと入って来た三人は、先頭が黒髪をきっちりとひっつめた大柄なメイドでマリーと名乗った。後ろには年若いメイドを二人従えている様子で、二人は「リリーです」「ローズです」とはにかみながら自己紹介をしてくれた。リリーがシャルロッテのことを誘導して椅子へと腰かけさせてくれたので、この時点でシャルロッテは「マトモなメイドさんたちだ……」とホッと安心の息をついたのだが、三人が膝をついて頭を垂れたことで再び慌ててしまう。

「えっ、あの、立ってください！」

「この二日、こちらの不手際でご不便おかけしましたこと、深くお詫びします」

シャルロッテはここでやっと、先ほどのザビーとのやり取りが効果を発揮したのだと自覚した。

「顔を上げてください。まだプレゼントされていませんので、ただの〝居候〟みたいなものですし。今後ザビーとは関わり合いになりたくないですけど」

「シャルロッテ様は既に旦那様の養女となっております。この家のお嬢様でございます。ザビーの処遇についてですが、事態を把握するため、お嬢様からもお話をお聞かせ願えますでしょうか」

「わかりました」

シャルロッテはざっと、この二日の話をした。話が進むにつれ、メイドたちの眉毛がピクピクと痙攣するのを見ながら、最後にこう締めくくる。

「ザビーだけでなく、使用人の方々が私のことを〝坊っちゃまのオモチャ〟といった、誤った認識をしているようです。今後の生活に支障がでることが心配です」

「大変申し訳ございませんでした、全てこちらの責任でございます。メイド長にこの後すぐに報告を上げさせていただきます」

「お願いします」

ザビーの処遇はメイド長を通し、公爵様への報告の後に決まるそうだ。

（メイド長かぁ……大丈夫かしら）

心配はよぎるが、これまでのザビーの所業の報告を終えると、シャルロッテはドッと力が抜けてしまった。ホッとすると〝空腹〟という感覚がもどってくる。

「あの……私、ずっと食事を頂いていなくて……」

「すぐにお持ちいたします」

金髪のメイド、リリーが立ち上がり部屋を出ていく。

「お水も、もうなくて……」

「汲んでまいります」

赤毛のメイド、ローズが水差しを抱えて出て行った。

「申し訳ないです……」

「ご不便をかけ、こちらが申し訳のしようもございません。他の使用人にも、きちんと指導をするようメイド長に進言しますので、ご容赦いただければと思います」

「ありがとうございます。あの、マリー様はどうしてこの部屋へ？」

「私ども使用人に敬称は不要でございます、マリーとお呼びください。……ザビーという見習いメイドが廊下で騒いでいるのを、先ほどのローズが見ておりまして、私に報告が上がりました」

「あの人見習いなんですか?!」

シャルロッテは心底驚いた。あんな傍若無人な態度をとっておいて、まさか正規の使用人ですらないとは。

「ええ。旦那様がシャルロッテ様をお連れになった際に、コソコソ茂みに隠れて話を聞いていた様子だったので気にはなっていたのですが、見習いメイドはメイド長の管轄のため、口も出せなかったのです。メイド長は私が口うるさく言うのを嫌がりますので……でもまさか、お嬢様に成り代わろうなどと、そんな馬鹿なことを考え付くなんて！　あってはならないことです！」

険しい顔をするマリーはあの日、あの場所に居たらしい。そしてどうやらメイド長に対しても、何か思うところがあるようだ。怒り収まらぬ、といった様子で彼女は続けた。

「しかも、家令には『お嬢様は快適にお過ごしです』なんて嘘の報告を上げているのですから！メイド長の責任も重大です！」

それを聞いた瞬間、シャルロッテは「やっぱりね」と思ってしまった。元々、うっすらとその兆しはあったのだが。

（メイド長、私のこと気に入らないのね）

案内された時も、ずいぶんとそっけないものだなとは思ったのだ。忙しい立場だろうから仕方ないと流していたが、どうやらメイド長はシャルロッテが気にくわないらしい。

そうなると屋敷内で孤立無援となってしまうシャルロッテは、目の前の正義感の強そうなマリーになんとか助けてもらえないかと考えを巡らせ口を開いた。

「マリーが気が付いてくれてよかったわ。このままじゃ、クリストフ様の誕生日まで食事も水も抜きになるところだったもの……でも、あなたが怒られたりしない？　今ここに来ていること、メイド長は知らないんでしょう？」

ぎゅっと唇を引き結び、マリーは深く頭を下げた。

「なんとまあ……お嬢様は頭の回転が速く、そしてお優しい方」

明言こそされなかったが、マリーのこの反応でシャルロッテは十分に状況を把握した。

（やっぱりね。メイド長はたぶん私の敵で……マリーは味方になってくれる可能性が高い！）

「私はね、マリーが気にかけてくれるだけでも十分よ。今日ご飯を食べさせてもらえたら、きっとお誕生日の席までもつと思うし」

「お嬢様にこれ以上ひもじい思いをさせるなど、とんでもございません！　今後は、私たちでお食事は差し入れさせていただきます！」

この言葉を聞いて、シャルロッテは内心で小さくガッツポーズをしていた。食事さえなんとかなれば、部屋に籠城して誕生日までやり過ごせば良いのである。後は公爵様に直談判すればよいと、見えた道筋に安心もした。

「……ただ、私がメイド長よりも立場が下で、煙たがられているのも事実でございます。私の力不足で、お嬢様には今後もご不快な思いをさせることもあるやもしれません」

無念とばかりにうなだれ、唇を引き結ぶマリーを見てシャルロッテは慌てた。こんなに落ち込まれると思っていなかったのだ。話題を逸らそうと、そういえば、と強引に話題を変えた。

「ずっと気になっていたことがあるの、それを教えてもらえたら、屋敷でも味方がいるんだって安心できるわ。少し答えにくいことかもしれないけれど……教えてくれる？」

「もちろんでございます」

マリーの即答に、シャルロッテはおずおずと問いかけを口にした。

「公爵様とクリストフ様のご関係なのだけれど、その、良好？」

「旦那様とクリストフ様は、行事などの際にお顔を合わせていらっしゃいます。また、クリストフ様の教育の進度や日常生活は、日々旦那様へと報告されています」

（つまり、全然会ってないと。使用人から報告聞いてるからオッケー、じゃないでしょ！　育児って、違うんじゃないの）

シャルロッテの眉間に力が入ってしまう。

「明日は公爵様もいらっしゃいますよね」

「もちろんでございます。明日はクリストフ様の誕生日を祝う晩餐会を予定しております。お嬢様にもご参加いただきます」

「そこで私はプレゼントされるのよね」

「はい。今晩から、お手入れをさせていただきたく存じます」

「分かりました、お願いします」

マリーが思ったよりもポンポンと会話をしてくれるものだから、シャルロッテは内心でかなり気にかかっていたことも口に出してみることにした。

「ねえ、マリーから見てクリストフ様って、どんな子？」

「大変、ご聡明でいらっしゃいます」

よどみのない答えと真っすぐな目線に、シャルロッテは嘘はなさそうだと判断した。しかし、前世の知識がしつこく確認するように頭をよぎるので、再度別の角度からも確認をした。

「困ったことはないのね、その、例えばメイドを困らせたりとか」

「公爵家の使用人として、主に困るということはございません。それは使用人の力量不足でございます」

「わかったわ、ありがとう」

(つまり……わがままは、応えられない使用人が悪いってことになるのかも)

それだけ高いレベルの使用人がそろっているのだろうけれど、見習いとはいえザビーみたいなのが紛れていたのはどうしてなのだろうか。

「ザビーって、何のメイド見習いなの?」

「ザビーはハウスメイド見習いでした。大家族の長女ということで、領地の村長から紹介状があったようです。素行の悪い者を紹介することは、公爵家への侮辱です。村長含め、厳正な処罰が下されます」

(えっ、ザビーだけじゃなくて、出身地の村長も罰を受けるの?!)

「処罰とは、どのように決めるのでしょうか」

「決めるのは旦那様ですが、紹介状を出した村長は罷免、村長ではいられなくなりますね。ご安心ください、必ずやあの者が正式に雇われることなどないように、家令にも掛け合います」

(それはありがたいけれども、見ず知らずの村長さんも巻き添えは心が痛いよ……!)

思った以上に重い処罰である。今後ザビーと関わりたくないが、そこまで望んでいない。

「村長さんまでなんて、処罰が重くはありませんか」

「それは公爵様のお決めになることです」

ごもっともである。

（会ったら減刑を願ってみよう。さすがに寝覚めが悪いし、ザビーのクビだけでいい）

こうしてザビーのことを話し終えた頃合いで、リリーとローズの二人ともが戻ってきた。

そうしてシャルロッテが食事をしている間に、明日の誕生日会に向けての準備が行われた。

食後はシャワー、さらに蒸しタオルで首や顔を温められ、オイルやなんやらを塗り込まれていく。全身もマッサージしてもらって、非常に気持ちがいい。まるで極楽気分だ。

マリーは今回のことをとても悔やんでいる様子で、本来ならすごく忙しいだろうに、この夜はシャルロッテに付きっ切りでいてくれた。シャルロッテは、ここにきて初めての味方ができたようでとても嬉しく、三人にあれやこれやと話しかけては仲を深めた。


最後に部屋を出る際に、三人はシャルロッテの前に膝をついた。

「お嬢様は、この公爵家の一員となられました。今後、ご不快な思いをされましたら、私どもへとお申し付けくださいませ」

「心強いわ、ありがとう」

立ち上がり、膝をつくマリーの手をぎゅっと握る。

「これからよろしくね、マリー、それからリリーとローズも！」

「クリストフ様をどうか、よろしくお願い致します」

さらに深く頭を垂れる三人の様子に、シャルロッテは根深いクリストフの闇がもう始まっているのだと悟ってしまった。

❦　❦　❦

誕生日会当日。

リリーとローズが食事を運んでくれ、昼食後にそのまま部屋の中で手入れやら着付けやら化粧やらと、丁寧に作りこまれていくことになった。もみくちゃにされながら夕方に完成した姿は、それはもうビスクドールや天使かと見まごうほどの仕上がりで。

「お嬢様、お美しいです……！」

最終的に紅を引いたローズは、至近距離で見つめたままその美貌に見入ってしまうほど。

光に透けそうなほど白い肌に、アメジストの瞳の周りは淡く彩られ、白金の髪がぱっちりとした目の横をサラリと流れ落ちて緩いウェーブを描く。それをそっと整えたリリーも、柔らかく微笑んで「このように麗しいご家族ができますこと、クリストフ様も感激されるでしょう」などとシャルロッテをほめそやす。

「二人の腕が良いからよ、ありがとう」

「お嬢様〜！　もったいないお言葉です！」

「心までお美しいなんて」

おそらく、多くの屋敷の使用人たちはシャルロッテのことを快く思っていないだろう。こうして向けられる好意は、照れくさいが非常にありがたいものであるとシャルロッテは分かっていた。ザビーや本を持ってきたメイドの反応からして、他の使用人たちの間でどんなひどいウワサをされているか察しが付くからだ。

（メイド長の考えも分からないし、公爵様がなんとかしてくれると良いんだけれど……）

内心の憂鬱(ゆううつ)をほほ笑みで隠しながら、呼ばれるまでの時間を静かに過ごした。しばらく経ったころ、リリーが様子を見に部屋を出て行く。戻ってくると、会場の横へ移動するよう告げられた。

「クリストフ様が会場入りされましたので、お嬢様も横の部屋で控えていただきます」

「わかりました。行きましょう」

あとは公爵様の到着を待つ、ということらしい。

出会いの時である。誕生日の晩餐会が今、始まろうとしていた。

食事の前に『私をプレゼント！』という段取りらしく、公爵様が会場入りすると同時に、ドアの前に待機をさせられた。

公爵様が会場に入り、声だけが聞こえてくる。

「クリストフ、誕生日おめでとう。今年も一年健やかに育つことを望む」

「ありがとうございます。ご期待にそえるよう、努力を重ねます」

「励むように」

これだけ聞いてると穏やかな親子の会話であるが、シャルロッテは緊張でじっとりと手が濡れるのを感じた。上手(うま)くやれるだろうかと、不安に呼吸が詰まる。

「今年は特別なプレゼントを用意した」

公爵様の声に、シャルロッテは大きく息を吸った。出番である。

「入りなさい」

メイドたちがドアを一息に開いたので、シャルロッテは一礼し、足を踏み出した。

「クリス、誕生日プレゼントの義姉だ。大切にするんだぞ」

無表情のまま告げる公爵様に、ぱちりと赤い瞳をまばたかせて、クリストフは小首をかしげた。

そして、「あぁ」と納得した様子で、小さく声を漏らしてから礼を述べた。

「ありがとうございます、お父様。名前は?」

背を押され、前に一歩出る。

(誕生日に〝姉〟をプレゼントってどうかしてるわ……、いや、今は感謝するべきなのかも。引き取ってもらえなかったら、修道院でどうなっていたかもわからないし)

クリストフは生で見れば、ふっくらとした白い頬、ぱちりと見開かれた赤い瞳の、柔らかそうな黒髪の可愛らしい幼児だった。だが、見つめられているだけなのに、シャルロッテはなぜかゾワゾワとした恐怖を感じていた。

この目の前の幼児はこれから、この世界、つまり乙女ゲームの黒幕となり、連続殺人犯、人を人とも思わないサイコパス野郎に成長するのだから、それを思えば心臓も縮み上がるというものだ。

背筋に寒気が走るのを気力で抑え込み、シャルロッテはカーテシーをした。

「シャルロッテと申します。これからよろしくお願いします」

「僕はクリストフ。大切にしますよ、おねえさま」

決意を新たに差し出された、柔らかく小さな彼の手を握る。

（絶対に、まっとうに育ててみせる……！）

赤い瞳の奥にある、人に対する無機質な無関心をまずは取り除くのだ。

せっかく公爵家なんてお金持ちに引き取られたのに。ゆるゆるっとした悠々自適なスローライフみたいな食っては寝て生活をさせていただきたい。ぜひとも。そのためには、没落してもらっちゃ困る。

（私の安心安全な生活のためにも！　公爵家からの犯罪者の輩出、ダメ絶対！）

その後の晩餐は会話もなく、黙々と料理を口に運んで終了した。

シャルロッテは、テーブルマナーが分かっていてよかったと心底感じていた。静寂すぎて、全ての動作が気になってしょうがない、地獄のような時間だったのだ。

「それではクリストフおめでとう、明日からも励むように」

「はい、お父様」

「シャルロッテはしばらくは屋敷に慣れるように。追って家庭教師を手配しよう」

「おそれいります、公爵様」

眉をぴくりと動かした公爵は言った。

「今後は、お義父様と呼ぶように」

「は、はい」

それだけ言い捨てて部屋を出て行ってしまった。

続くようにクリストフも「では、僕のことはクリストフ、と呼んでください。本日はこれで失礼します」と言って居なくなった。

「では、お嬢様もお部屋に戻りましょう」

「そうね。緊張して少し疲れたみたい」

ずるずると座り込みたい気持ちを抑え込み、そっと立ち上がる。

（つ、つっかれたー。すんごいつかれたよー！）

楚々（そそ）として足音を立てず歩き、リリーの世話を受け、やっとベッドにもぐりこんだ時には一瞬で意識が飛ぶほどの睡魔に襲われていた。

こうして、シャルロッテの長い一日が終了した。


翌朝シャルロッテの目を覚まさせたのは、不愉快な騒音だった。

「ちょっと、起きなさい！」

ガンガンとベッドを蹴りつける音と振動、キンキンと耳に突き刺さるような声。

あまりのことに飛び起きたシャルロッテは、ベッドの横に立つザビーの顔を見て体を硬直させた。

「あ、あなた……何をしているの」

「何って、アンタと入れ替わりに来たのよ！　まったくもう、アンタって義理の姉として貰われてきたのね！　知らなかったわ！　まあでもクリストフ様も公爵様もアンタに興味なさそうだったし、今からでも遅くない。私の方がお姉ちゃんっぽいから、むしろ喜ばれるかも！」

ザビーはどうやら、昨日の公爵家の晩餐の様子を知っているらしく、しきりに「絶対私の方が上手くやれる」などと、意味の分からないことをわめいている。ザビーが近くに居ることに恐怖を感じてベッドの上で後ずされば、彼女はシャルロッテへと体を乗り出して「ほら、服交換すんの。脱げって」と襟を強く掴み引っ張った。

その手を引きはがそうとするが、年齢も体格も上のザビーの力には敵わない。ベッドから引きずり出されて首が絞まったシャルロッテは「グッ」とうめき声を上げた。その時。

「お嬢様！！！」

盆のひっくり返る金属音と「あなた何をしているの！」というリリーの叫び声。あっという間にシャルロッテは助け出されて、咳き込みながらその体にすがった。

「何って、シャルロッテサマが『オモチャなんてイヤだから、私と替わって』って言うから、わざわざ来てやったのよ。何その態度？　私がお嬢サマになるんだから！　どいて！」

「そんなことが許されるわけないでしょう?!」

リリーの言葉を、ザビーが鼻で笑った。

「許されるのよ。修道院から貰われてきた孤児なんて『誰が入れ替わったって一緒』でしょ？　みーんな言ってるわよ！」

とんでもない言い分に身を固くするばかりのシャルロッテはその時、廊下に人が集まって、部屋の中を覗いているのに気が付いた。ザビーくらいの年頃の少女たちで、メイド見習いなのだろう。ザビーの言葉に小さく歓声を上げて、シャルロッテを嗤っているのだ。リリーが眉を吊り上げてザビーを睨み付けるも、ザビーの態度は変わらない。

「お嬢様は、公爵様がお認めになられた養女ですよ！　失礼もいい加減にしなさい！」

「……今ならまだ間に合うって言ってたもの」

ぼそりと呟かれた言葉に、シャルロッテは血の気が引いた。誰が言っていたのだろうか。

（まさかとは思うけれど、メイド長じゃないわよね……？）

マリーが現れ、野次馬を「おどきなさい！」と一喝した声で我に返るまで、シャルロッテはリリーの腕の中で呆然としていた。

「何の騒ぎです！　ここはお嬢様の部屋ですよ！」

リリーが早足で傍に寄り、事情を軽く説明すればマリーはさらに眉を吊り上げてザビーを睨んだ。

「なんと身の程知らずな！　そんなに言うなら、そこに立ってお辞儀の一つでもしてみなさい……！　お嬢様も、少々お付き合いいただいてもよろしいでしょうか。ほんのしばらくだけ、この身の程知らずの横に立っていただいて」

マリーを信頼しているシャルロッテは、縮こまる体を叱咤して背筋を伸ばした。すぐにザビーの横に立ち、腰を真っすぐに落として片足を引き、スカートの裾をつまんで丁寧なカーテシーを見せる。

「お辞儀の一つもできなくては、お嬢様にはなれません。簡単なのでしょう？　やってごらんなさい」

厳しいマリーの声に、シャルロッテの真似をして慌てて頭を下げるザビー。しかしチラチラと目線を上にあげたままの不格好な礼はまるで道化のようで。野次馬たちがクスクスと笑う。

「では次。まっすぐ歩いて、ターンをして戻って来てください」

言われるがまま足音もなく滑らかに歩き出すシャルロッテに、つられるように歩き出すザビー。並んで歩く姿の差はすさまじく、ドタドタと歩くザビーはどう見ても〝お嬢様〟には見えない。そしてターンでの差は歴然としてあらわれ、思わずよろめく彼女は耳まで真っ赤にして「こんなの、ちょっと練習したらできるわよ！」と、笑う野次馬の同僚たちに怒鳴るハメになった。

そんな姿を見たマリーは苛立ちにため息を吐いて、シャルロッテを庇うように前に進み出る。

「できませんよ。品性とは、身からにじみ出るもの。あなたのようなただのメイド見習いと、シャルロッテ様には天と地ほどの差があるのです」

「だって、孤児のくせにその子だけ公爵家の子どもになるなんてずるいと思います！　お辞儀くらいならすぐ覚えられます！」

「もともと、お嬢様は貴族です」

「えっ……だって、ただの孤児って。誰でも入れ替われるって……！」

ザビーの驚いた顔を見て、はぁ、とマリーの口から大きなため息と「メイド長は、そんなことも貴女に教えなかったのね」という、わざとらしい独り言を溢す。そしてシャルロッテに向かって膝を折り、頭を垂れて「いかが致しましょうか」と大仰に尋ねた。いきなり話を振られて戸惑うシャルロッテだが、ザビーの顔を見て「もう会いたくないわ」と、素直な気持ちを吐き出した。

マリーは一つ頷くと立ち上がった。

「貴女のしていること、していたこと、それらは到底許されることではありません。処分が下るまで、部屋から出ることを禁じます」

そしてそのまま視線をスイとずらして野次馬たちへ「あなたたちにも後から処分を言い渡します。持ち場へお戻りなさい」と、じろりとひと睨みすれば、蜘蛛の子を散らすように去っていくメイド見習いたち。ザビーも素早くその後を追っていなくなった。

やっと静寂の戻った部屋で、シャルロッテはマリーを感謝のこもる目で見上げ「ありがとうマリー！」と抱きついた。

「お礼を言われることなど……こんなになるまで手が出せなかった、我が身が恥ずかしくてたまりません。メイド長にもしっかりと抗議をして、ザビーの処分はしかるべきものが下るように致します」

「マリーがいなかったら、どうしていいかも分からなかったわ！　本当にありがとう！」

そして少しためらってから、シャルロッテは「ねえ、しかるべき処分って、どんなもの？」と小さく尋ねた。マリーは少し考えて、言葉を選びつつ真実を伝えた。

「やっていることは犯罪者と同様でございます、しかも相手がシャルロッテ様、つまりは貴族。こうなると、何をされても文句を言えません。公爵家が求められるままの罰が下ります」

マリーのまっすぐな視線に、シャルロッテはゆるく首を横に振った。

（そんなの求めてない）

ザビーへと重い処罰が下る気配を感じて、シャルロッテは早口に言葉を紡（つむ）ぐ。

「何をされても、って……そんな、クビでいいわ。もう関わらないでくれればいいの」

その怯えるようなシャルロッテの幼い顔に、マリーはそっと微笑んで「なんと慈悲深いお言葉。シャルロッテ様のご意思を尊重するように進言しますわ」と、安心させるように約束してくれた。

マリーが去った後、入れ代わるようにローズがやってくる。身支度はローズが担当らしく、リリーは「野暮用（やぼよう）を済ませて、すぐに戻ってきます！　ローズ、お嬢様のことよろしくね」と、後ろ髪引かれる様子で部屋を後にした。聞けば、今日は公爵邸を案内してくれる日らしい。優しく温タオルで顔をぬぐわれ、髪を梳かれながら、やっと一息ついたシャルロッテ。しかしリラックス気分になってなお、チクチクと心を刺激する問題があった。

「あのね、公爵様とお話がしたいの……ちょっと、お願いがしたくて」

おずおずと見上げてお願いを口にするシャルロッテに、ローズは笑みをこぼす。

「あとで家令に相談して参ります」

現代人の精神を持つシャルロッテは、自分のメンタルのためにも、ザビーの処罰はできるだけ穏便（おんびん）に済ませたいと考えた。何か公爵様が別の処罰を決めてしまう前に「できるだけ早く話がしたいの」と、訴える。ローズは支度後、すぐに家令であるグウェインに交渉してくれた。

戻ってくると「時間が空いたら声をかけてくださるそうです」とのこと。

「ありがとう！　公爵様にお会いできるの、嬉しいわ」

シャルロッテが感謝の気持ちでにっこり微笑めば、ローズはきゅーんと、まるで音が聞こえそうなゆるんだ顔になる。

「こんなに可愛いお嬢様のお願いであれば、きっと旦那様も聞いてくださいますわ！」

それはさすがにないだろう、と思いながらも、修道院では味わうことのなかった人の優しさに胸が温かくなるシャルロッテだった。

朝食まで済ませてから、リリーに連れられて本館の玄関から案内がスタートした。

白い大理石がはめ込まれた玄関は広く、中央に置かれた装花はシャルロッテの背丈よりも遥かに大きな作品で、思わず圧倒されて後ずさってしまうほど。

「こちらが玄関、グランドフロアです」「簡易応接室です」「応接室です」「大広間です。舞踏会もできるほど広いのですよ」「遊戯室です。いつでも遊べますよ」「シガールームでございますが、お嬢様は入られませんように」と、リリーはテンポよく案内してくれるものの、一階の案内だけで頭がクラクラするほど公爵邸は広かった。

「あ、ここは昨日の！」

「そうです。晩餐で使用しましたね、こちらは食堂です。ちょうど時間も頃合いなので、昼食にいたしましょう」

（やっと座れる！　やっぱり子どもって大変ね、歩くだけで疲れるんだもの）

シャルロッテは口には出さないが、小さな体で歩き疲れてクタクタ、お腹もペコペコだった。給仕されるリゾットとチキンソテー、ミニサラダといったランチに舌鼓を打つ。

「おいしーい！」

キラキラとした瞳で無邪気な声を上げながらも、美しい所作で食べ進めるシャルロッテ。リリー以外の給仕のメイドが目を見開いてその様子を見ているのだが、本人は気づかずご機嫌な様子だ。

「おかわりもありますよ、たくさん召し上がってくださいね」

食後のお茶の時間を使って、リリーが屋敷の歴史などの解説をしてくれた。

「公爵家の様式は古代スガルド帝国のロッココン調をベースに、――の――で、――が」

正直、難しすぎてさっぱりわからず、もぐもぐと添えられたクッキーを味わいながらシャルロッテは聞き流した。

「……というわけですので芸術品も、普通の貴族であれば屋敷に相当するほどのものがゴロゴロと飾られていますので。お嬢様はされないと思いますが……汚したり、破損したりなさいませんようお気をつけください」

「絶対にしないわ」

（屋敷に相当する芸術品なんて、もはや置かないでほしいのだけれど）

内心でそんなことを考えつつ、講義に飽きてきたシャルロッテは話題を逸らした。

「……ところで、この料理って、どこから来ているの？　厨房はどこ？」

先ほど案内された中には厨房はなかったが、サーブされた料理は温かく湯気が上がっていた。

「厨房やランドリーなど、使用人の作業場は地下にあるんです。料理はそこから運んでおります」

「地下まであるの⁉　このお屋敷って、広いのね」

「帝国最大のお屋敷です。普通の貴族のお屋敷ですと屋根裏に使用人の部屋があるのですが、公爵邸は使用人の数も多いので、昨日までお過ごしいただいた別棟が設けられているんですよ」

「ほえー」

思わず間抜けな声が出るのを、リリーは微笑ましそうに見ていた。お茶まで終われば、続いて二階へと案内してくれる。

「ここからは、プライベートな空間です」

「お客様は立ち入れないってこと？」

「親しい間柄でいらっしゃれば、公爵様がお招きすることもありますが、まれですね」

階段を上がってすぐの、ずらりと並ぶ茶色い木の扉をリリーが手で示す。

「宿泊される方のゲストルームが、この茶色の扉です」

「こ、こんなに？」

「はい。そして、ギャラリーと図書室を挟みまして、さらにプライベートな場所になります。ここからは、客人の立ち入りもご遠慮いただいております」

その先にあったのは、豪奢な扉。

「こちらは、クリストフ様のお部屋でございます」

シャルロッテの部屋からほど近い位置にあった。その近くには、他にもメイクルーム、衣裳部屋、勉強部屋といった、公爵家の人間が日常的に使用する部屋が集まっていた。

「そしてこちらが、旦那様のお部屋と、執務室です」

いっとう豪奢なドアが執務室だった。しかし、案内してもらっただけなのに、廊下をかなり歩いた上に気疲れをしたシャルロッテ。

（そういえば、奥様……お義母様(かあさま)になる方のお部屋ってないのね。もしかして、もう儚(はかな)くなってらっしゃるのかしら。もしそうなら、言われるまで聞かない方が無難ね）

ちょうどその時、執務室から家令であるグウェインが出てきた。

しかしシャルロッテたちを見て「少々お待ちください」と言って再び中へと戻る。

「あ……もしかして、公爵様に会いに来たって思われちゃったかも……」

呼ばれてもいないのに、公爵様に会いに来たと思われたかと、不安になるシャルロッテ。リリーを見上げるも、彼女も少し顔色を悪くしてシャルロッテの方を見ていた。

（やっぱり。公爵様って、お屋敷でも恐れられているのね。だって顔怖いし……）

「シャルロッテ様、どうぞ中へ」

グウェインがドアから出てきて声をかけてくれる。まさか、会ってくれるらしい。彼が支えてくれるドアから一歩室内に入り、シャルロッテはできる限り丁寧に礼をとる。

「失礼いたします、お義父様。本日は……」

「堅苦しい挨拶はいい。こちらに来なさい」

呼び寄せられ、ソファへと誘導される。公爵であるシラーと対面の席を勧められ、緊張しながら腰かける。顔を見れば、相変わらずの鋭い眼光でこちらを見ていた。

「お忙しい中、お時間をいただきありがとうございます」

「口上はいらんと言った。用件は？」

「今朝の件については、ご存じでしょうか」

シャルロッテの言葉を聞いて、シラーは斜め後ろに控えるグウェインに視線を向けた。彼はスッと音もなく移動し、どこからともなく一枚のペーパーを持ってくる。

「見習メイドがシャルロッテの部屋へ不法侵入し、暴言を吐いた件か。……貴族への不敬罪、暴行未遂、ああ、食事を盗み食いもしていたようだな。村長の推薦状とは全く違う人柄なので、虚偽申告での屋敷への就職を図ったのも罪と問える」

「処罰は、どのようにお考えですか」

「悪質極まりないケースだ。鞭打ち後、賠償金の請求、あとは一族と村へも連帯責任を負わせる」

処刑と言われないだけマシなのかもしれないが、鞭打ちという単語を聞いてシャルロッテの額に冷や汗が滲む。

「恐れながら、私も〝被害者〟として意見を述べてもよろしいでしょうか」

「なんだ。一族郎党極刑にしたいのか？」

「違います！　むしろ、関係のない周囲の人まで罰する必要があるのかと……」

シラーは、ぱちりとその紫色の瞳をまたたかせた。その仕草は昨日見たクリストフにそっくりだ。

「発端は、お義父様の『これをプレゼントにする』といったお言葉から、使用人に誤解が生まれたことが原因の一つと考えられます」

彼は不愉快そうに眉をひそめたが、シャルロッテの話を聞いてくれるようだった。

「そして私は、重い処罰は望みません。ザビーはまだ子どもです、体罰はちょと……」

「決まりや前例に合わせた処罰を下すだけだぞ」

「……被害者が訴えなければ、処罰にならないかと思うのです」

「使用人に舐められても、受け入れるということか？」

淡々と言葉をつむぐシラーは、分からないといった様子で小首をかしげた。

「違います！　ただ、関係のない人まで責が及ぶ必要はありませんし、クビだけでいいと……」

「修道院にいたせいか、生ぬるい思考回路だな」

「なんとおっしゃってもかまいません！　私は、重い罰を望みません」

「では、お前の思う〝適切な罰〟はどのようなものだ？」

「それは……罰として、クビとか」

「我が家に犯罪者の使用人などいらない。クビは当然だ。実行犯がクビで済むのなら、その原因を作った〝可能性が高い〟としか言えないメイド長はクビにはできないぞ、いいんだな？」

シャルロッテは言葉に詰まった。そこまで考えていなかったのだ。

そんな彼女を見下ろして、シラーは長い脚をゆっくりと組んで「それでもいいなら、許可しよう」と告げた。

ザビーの言動からして、メイド長がなにかよからぬ動きをしていたのは、シャルロッテの中には確証があった。しかし、ザビーの罰を軽くするのならば、それを彼女に問うて重い罰を科すことはできないぞ、という意味らしい。

少し悩んだが、シャルロッテはシラーへと頭を下げた。

「それでも……！　お願い、します」

「そこまで言うなら、今回は親子として周知前だったこと、来たばかりのお前に対する配慮で、この件についてはメイド見習いの処遇を柔軟に〝クビ〟だけで済ませてやろう。しかし、公爵家のレディとしてであれば、処罰を甘くするなど絶対にしない決断だ。身をもって、この決断の甘さをお前は知ることになるだろう」

「それって……？」

「メイド長は管理不行き届きで減給処分としておこう。面会は終了だ」

グウェインに促されて、シャルロッテはソファを立たされた。

お礼を述べて退出するも、最後のシラーの言葉がひっかかる。

（この決断の甘さって、ザビーの処遇よね。だってクビにしてしまえば、ザビーがいなくなれば、もう解決じゃない……？　メイド長も直接的な嫌がらせはしてこないだろうし……）

シャルロッテは不思議に思いながら、もやもやとした気持ちを抱えて自室へと戻った。夕飯までよくよく考えたが答えは出ず、気持ちを切り替えることに決める。

（まずはクリストフと仲良くならなくちゃ！　今日は会えなかったけど、明日は会えるかな）

そうして無理矢理にでも、当初の目的に考えを集中させた。


こうして公爵家の一員となって迎えた四日目。シャルロッテはまた別の問題に頭を抱えていた。まったくクリストフとの接点が持てないのだ。

なぜなら、クリストフの日課には、隙というものがない。

食事、勉強、休憩とみせかけてマナー講師のついたティータイム、鍛錬、読書など、細かくスケジュールが管理されており、一人の自由時間というものがない。

（仲良くもないのにいきなりティータイムをご一緒したいなんて言ったら、変よね……）

目下の課題は、まずは物理的にクリストフに近づくこと。

食事の時間を合わせようと使用人伝手にクリストフ付きのメイドに言伝してみたものの、返答がなく二日が過ぎている。メイド長の問題も片付いていないので、そのせいかもしれないと頭をよぎるが分からない。

そして、もう一つ問題があった。

シャルロッテはやはり、メイドたちにナメられている、ということだ。

リリーとローズは好意的だ。そして、今でもどちらか一人がシャルロッテの部屋に付いていてくれるので、部屋の中での扱いに問題はない。マリーも様子を見に来て、気にかけてくれる。

しかし、見習いや、下級メイドになればなるほど、シャルロッテのことを軽く扱っているのがよくわかるようになってきた。部屋のベッドメイクやタオルが乱雑だったり、時には洗濯に出したはずの服がそのまま戻ってきていることさえあるのだ。部屋に面した庭に枯れた葉っぱがばら撒かれていたりもする。どうやら、下級メイド……もしくは見習いメイドたちが、結託してシャルロッテにイタズラを仕掛けているらしい。

リリーやローズが気が付けば注意をしたり、見習いメイドの監督者に抗議をしたりもしてくれるのだが、やはりメイド長の態度のせいだろうか、ザビーの処分のせいか……効果はなかった。

（どうしたらいいのかしら）

公爵様に言われてから、シャルロッテなりによく考えた。

公爵家の一員でありながら、下級メイドや見習いに侮られ、あれだけ好き勝手したってクビで済むザビー……ともなれば、さらにこの扱いが続くことも不思議ではない。

（ザビーがいなくなったって、その置き土産が強烈ってことね）

昨日も公爵邸に慣れるため、庭園を散歩していた際の話だ。掃除をする見習いメイドたちに遭遇して、シャルロッテはずいぶんと軽く見られていることを実感した。

普通、下級メイドは屋敷の貴族に姿を見せない。どうしようもない時は頭を下げて、道の横で待機をする。しかし、十歳前後だろう年若いメイド見習いたちは隠れるどころか、シャルロッテに話しかけてきたのだ。

『ちょっと今は掃除中でーす、通るなら、ゴミ避けてくださいね』

『アハハ、この時間は公爵家の方はお仕事やお勉強でお忙しくて、外にはいらっしゃらないって聞いてます！　外に居るのは……そーゆーことですよねぇ』

『いいですね〝オモチャ〟には、とくにすることないんでしょう、プッ』

『やだちょっと、アハハ』

養子で、幼女で、〝オモチャ〟なのだから何を言っても良いと思っている、残酷な少女たち。幼いほど、下に見た者には率直に酷(ひど)いことを言うものだ。

美しい容姿に、恵まれた境遇に見えるシャルロッテに対する嫉妬心(しっとしん)もあるのかもしれない。

『あなたたち、名前は』

きゃっきゃと馬鹿にするように笑っていたのに、シャルロッテが言い返せばぴたりと口をつぐみ、少し遅れて後を付いて来ていたリリーの気配にお互いに顔を見合わせ、肩をすくめてみせる。

『いこ、言い付けられちゃう』

『ちょっとこわぁ』

『名前は？　だって、アハハ』

こちらを小馬鹿にしつつ、どこかへ行ってしまった。掃き寄せられた庭園のゴミと、シャルロッテを残して。

名前を知られなければ、どうってことないと思っているのだろう。

「お嬢様！　お一人で先に行かないでください」

心配そうな顔のリリーに「ごめんなさい」と言いながら、あったことを話せば鬼のような顔をして怒ってくれる。それにホッとしてしまうのは、心が弱っているせいだろうか。

シャルロッテはリリーにメイド長へ報告するように言ったが、顔を見せて謝ることもなければ、その後改善を実感することもなく、解決には繋がらなかった。

（おそらく、私のことをどう扱ってもいい〝プレゼントのオモチャ〟だって、まだ思っているメイドが多いのよね。それで、公爵家の一員みたいな顔しているから、ムカつくと。おまけに、何かしても処罰もない、つまり、軽く扱っていいものだと認識されてしまった……公爵様の言う通りだわ、こんなに続くなんて。認識が甘かった）

それでも、人が理不尽にひどい目に遭うよりマシだと思うのは、まだまだ甘い証拠だろうか。

「はぁ」

ため息をつきながら、手を拭くタオルが昨日と変わっていないことを、また気づいてしまう。別にそれくらいどうってことないのだけれど、人からの悪意に小さくへこんだ。

どうしてこうも、悪いところに気が付いてしまうのだろうか。

（暗いこと考えるのはやめよう！　とりあえず、クリストフに会わないと始まらないよね！）

基本に立ち返り、シャルロッテは〝クリストフと仲良し家族計画〟を練ることにした。

クリストフの日課には隙がない。であればその日課の中で、自分が共にできるところを探そう。

例えば、食事、マナー講座、進度によっては勉強も一緒にできるだろうかと目星をつける。

（まずは手軽なのはやっぱり、食事よね。とりあえず明日の朝食をご一緒できないか……返事も中々ないし、マリーのほうから調整してもらおう）

メイド長が頼れない今、もっぱらマリーに苦労をかけてしまうことが多い。彼女だってきっと嫌な思いをするのだろうが、シャルロッテのお願いにはいつも二つ返事で頷いてくれるのだ。

会いたい旨（むね）を伝えてもらえば、マリーはすぐに部屋に来てくれた。

「マリー、忙しいのに、来てくれてありがとう」

「シャルロッテ様のお呼びであれば、いつでも伺(うかが)います」

きっちりとつめた黒髪に、寸分たがわぬ角度のお辞儀。少し筋肉質な彼女の礼はいつも美しい。

少しの間見惚(みと)れていたシャルロッテは小さく頭を振って、忙しいマリーを長く留めるのも迷惑だろうと早速話を切り出した。

「あのね、クリストフと朝ごはんを一緒に食べたいの」

「朝食をご一緒に、と。明日の朝より、そのように調整をしておきます」

「ありがとう！」

二日待ってもダメだった件が、秒速で片付いてしまう。さすがのマリーである。

（あと、一応見習いメイドたちのことも情報共有しておこう）

「あと、この間のお掃除をしていたたメイドたちの、こと、なんだけれど」

「ご報告いただきました件ですね。あの時は、大人数で庭園を掃除していた関係で、私では個人の特定には至らず……申し訳ございません。メイド全体に、再度の指導をしております」

「いいのよ！　いいの……ただ、それだけじゃなくてね」

シャルロッテは日常感じていることを、思いつくままに話をした。

全てを聞いたマリーは無表情ながら、眉間が少し寄っている。深々と頭を下げて、彼女は言った。

「大変、申し訳ございません。使用人が至らぬばかりか、シャルロッテ様にご不快な思いをさせてしまい……。メイド長ではなく、家令とも相談し、全体の指導を引き締めてまいります」

（元はと言えば、私のせいだ。私が、人を罰する重みを背負いたくなくて、決まりを曲げたから。私の甘さが、他の人に頭を下げさせている）

ジレンマに胸が重くなる。

人に辛い目に遭ってほしくないからと、願い出たことなのに。それがさらに、次は、何も悪くない人の頭を下げさせる結果になっている。

「私が悪いの。お義父様にザビーの処罰を軽くしてもらったせいよね。分かってるの……。私、屋敷中の誰からだって公爵家の一員として認めてもらえるように頑張るわ」

「シャルロッテ様……」

マリーは顔を上げ、少し微笑んで「わたくしも、お手伝いさせていただきます」と言ってくれた。

この人はきっと、信用できる。味方がいれば、頑張れる。シャルロッテは力が湧いてきた。

(まずは明日の朝！　クリストフと、毎日に会えるようにしなくては！)

満ちてきたやる気を胸に、シャルロッテは何を話そうかとアレコレ考えた。

❦　❦　❦

「気合を、入れて行くわよ！」

屋敷の廊下を歩きながら小声で自分に活を入れるシャルロッテを、案内するメイドがチラリと振り返る。クリストフ付きのメイドで、少し年配の、感情を読み取れない顔をした女だ。

クリストフと朝食を食べるために移動中、シャルロッテは浮きたつ心を抑え切れていなかった。

(黒幕とはいえ、クリストフはゲームキャラでもあるのよね。ちょっとミーハーな心もうずいてしまうわ……！)

ゲームの主要キャラだけあって、かつて画面越しに見ていたクリストフは美形だった。そして、その幼児期である今も、天使のように美しい。「まあでも、油断はできないけど」と、思わず口をついて出た。メイドがついに立ち止まってこちらを見る。

「シャルロッテ様、どうかされたのですか？」

その声の抑揚のなさに少し驚く。

（子どもに仕えるメイドなのに、冷静すぎるというか、なんというか……冷たいわね。私にだけならいいけれど、クリストフにもこんな調子なのかしら）

微笑んで「なんでもないの」と濁せば、一つお辞儀をして案内が再開された。

（もしも今日、きっかけがつかめなかったら）

（このままクリストフが成長してしまったら）

（ゲームの通りに、なってしまったら）

シャルロッテの胸に不安が滲む。

（公爵家は責を負い、私の人生もバッドエンドだわ）

ぶんぶんと頭を振って、再び気合を入れた。

食堂のドアの前、シャルロッテは小さく息を吸って、メイドに合図を送った。

開かれたドアの奥で待っている、紅い瞳。

「おねえさま、おはようございます」

白いシャツにサスペンダー付きの黒い半ズボンの、美幼児クリストフだ。

「おはようございます」

シャルロッテが挨拶を返して微笑むも、幼児の口角は上がらない。それどころかサッと椅子に座り、手でメイドに朝食をサーブするよう合図を出した。そっけない。

（バッドエンド回避！　がんばるのよ、シャルロッテ！）

高い天井の食堂は、豪奢なシャンデリアが飾られ、ゆうに十人は座れる長いテーブルがその下に鎮座している。クリストフは端の方に座っており、そこから斜め対角線の端にシャルロッテの席が用意されているようだった。

（位置が遠すぎる！　これじゃ、話もできないわ）

シャルロッテは後ろに控えるメイドにささやき、座席をクリストフの近くへと移してくださいとお願いをした。そうしてメイドがてきぱきと席移動を準備する間、クリストフに再度声をかける。

「本日は、朝の時間を頂き、ありがとうございます」

「いえ。問題ありません。……どうして、席をうつしたのですか？」

席に座るクリストフが紅い瞳をぱちぱちと動かし、メイドの行動を見ている。

「だって、遠いと、話がしにくいでしょう？」

「僕と、話を？」

「はい、そのために、朝食をご一緒しようかと」

きょとん、とした顔のクリストフの近くに整えられた席に改めて座る。

グラスにミルクが注がれるのを待って、二人で食前の挨拶を交わした。

「クリストフは、何のお勉強が好きなのですか？」

「算術ですね」

「どうしてですか」

「答えがひとつで、分かりやすいので」

淡々と話しながらも食べ始めたクリストフのペースは、かなり速い。

（このままでは、早々にこの食事会が終わってしまうわ！）

焦るシャルロッテは、上っ面でない、確信的なところに踏み込むことにした。

「クリストフは、どうして姉が欲しかったのですか」

ぴたり、と手を止めた彼は、後ろに控えるメイドにちらりと視線をやった。

「別に、欲しいと言ったわけではありません。誤解があったようです」

「え？」

「僕の周りには子どもがいません。なので、子どもがどんな様子か、兄弟姉妹とはどんなものか、知りたかったのです」

彼は先月、公爵様に連れられたパーティーで、人生で初めて、同世代の子どもを見たそうだ。その時見たとある男児の、あまりの泣きっぷり、暴れっぷり、知性のなさに、驚愕を覚えたらしい。

また、その男児の面倒を見ていた〝姉〟という生き物に、興味が湧いたそうで。

しかし、その興味の持ち方は……なんというか、性格がねじ曲がったものだった。

「姉にとって弟は邪魔なはずでしょう？」

なぜなら〝姉〟は、〝弟〟がいなければ、家督を継げたはずであると。なぜ、邪魔者、自分から奪う者であり、機嫌が悪ければ泣いて暴れるような幼い〝弟〟に、〝姉〟が優しく面倒を見るのかが理解できない、だそうだ。

「大人の言いなりになっている姉もまた、知性のない生物であるかと思ったのですが……まあまあ年上でしたし、自分で考えて弟の面倒を見ているようでした。サンプルにとぼしいので、その日には結論が出なくて」

「はあ」

「そこで『我が公爵家には、姉はいないのだろうか』と、一応確認のつもりで聞いてみたのです」

「え、まさか」

「それがなぜか『姉が欲しい』とお父様に伝わったようです」

後ろに控えるメイドは、私でもわかるくらい、顔色が悪い。先ほどこの部屋まで案内してくれた時には冷たく感じるほどに冷静そのもの、といったメイドだったのに。今はぶるぶると震えるようにしながら下を向いて、必死に己の存在を消そうとしているようだった。

「まあ手違いであれ、お父様が僕のためにプレゼントしてくれた〝姉〟です。大切にしますので、ご安心ください」

「ありがとうございます……？」

ここでシャルロッテはハッとした。これは、チャンスだ！　ひらめきが脳内を走る。

「クリストフは、兄弟姉妹というものに、興味があったんですよね」

「まあそうですね」

「では。私と、普通の姉弟のように過ごしてみませんか。何かわかるかもしれません」

シャルロッテは自分の思う『普通の兄弟姉妹』についてを語ってみせた。食事は一緒に取り、勉強も一緒にして、休む時は一緒に遊ぶ。長く一緒に居て、お互い分かり合っているから、喧嘩をしたって長くは続かない。そんな様子が、世間一般的な姉弟像であることをアピールする。

「なるほど、それが、姉というものなのですか」

「あの。今日から、実践してみませんか？」

「じっせん？」

「私たち……まずは毎日、朝食を一緒に食べるのはどうでしょう。姉と弟とは、一緒に過ごす時間が必要です。ええ、だって姉弟ですからね」

ふむ、と考え込んだクリストフ。

「おねえさま、本日のご予定は？」

「なにも」

「では、僕と一緒に、一日過ごしてみてください」

まさかの、クリストフ側からの提案に、前のめりで「はい！」と返事をする。

彼はあっという間に、今日一日の彼のスケジュールにシャルロッテが同行できるように手配をした。家庭教師の授業なども、今後の参考になるだろうとのことで、一緒に聞いて良いらしい。

❦　❦　❦

同行してよく分かったが、彼の一日は本当に忙しい。

朝食後すぐに授業が始まり、歴史、算術、語学と続き、昼食は食材や伝統料理などについても食べて学ぶ。午後は生物学、マナーレッスンを兼ねたティータイムでやっと一息だ。

どれも子ども向けの内容だったが、三歳児向けでは決してない。

そしてこの後も授業が入っているのだから恐ろしい。

（この子、天才だわ）

シャルロッテの方が三つ年上であるにもかかわらず、ヘロヘロになっていた。

「クリストフ、疲れていない？」

「まったく。おねえさまも平気そうですね」

この平気そうですね、はおそらくマナーの所作も含まれた言葉だとシャルロッテは理解した。

美しい所作を意識してカップとソーサー持ち上げて、一口飲んで、そっと戻してみせる。クリストフも同じ所作をすれば、同席していた女家庭教師が満足げに「お二人とも素晴らしい、傾ける角度まで完璧パーフェクトです」とお褒めの言葉をくれる。そして彼女はちらっとシャルロッテの顔をみて、少し悩んだ顔をした後に言った。

「本日のマナーレッスンはここまでにいたします。お二人はごゆっくりなさってください」

どうやら、義理の姉と弟の初めての交流に配慮してくれるようだ。その心遣いに美しい所作を心がけて丁寧な礼をして、クリストフと二人、背中を見送る。

二人きりになった部屋に、短い静寂が落ちる。

先に口火を切ったのはまさかのクリストフだった。

「姉とは、こうして一緒に過ごすものなのですね」

「私はそう思っています」

持ち上げたティーカップの中で、紅茶が揺れるのを見て、今は亡き母と過ごした、温かな時間をシャルロッテは思い出した。こんなに良いお茶は一緒に飲めなかったけれど、どんな食べ物だって分け合って、幸せだったのだ。

「家族ですもの」

（ああ、お母様に会いたいわ）

シャルロッテは、滲む涙をごまかすように紅茶を一口飲んだ。

「家族は一緒に過ごすものですか？」

「そうよ」

紅いガラス玉のような瞳がシャルロッテを射抜くように見つめる。


「遠くにいても？」


母が生きていたら、どこにいたって会いに行った。シャルロッテはそんな思いで答える。

「そうしたら、会いに行くのです」

クリストフは、分からない、というように小首をかしげた。視線もそらされ、沈黙が再び戻ってくる。

これ以上この話題には触れてはいけない気がしたシャルロッテは話を変えた。

「クリストフ、私のことは、シャルって呼んでください」

「シャルおねえさま？」

「そうよ。シャルだけでもいいです。姉と弟は、愛称で呼び合うものです」

「なるほど。じゃあ僕は、クリスと」

「よろしくお願いします、クリス」

それから、姉と弟なのだから、堅苦しい話し方もやめようと言えば「堅苦しい？　まあ、それはおいおい。おねえさまは楽に話してください」と、まるで大人な対応で流されてしまった。高位の貴族的な話し方というのは、堅苦しいものなのかもしれない。

「私は、クリスの言葉を勘違いしてくれたメイドに感謝をしなくてはならないわね……今日一日、とても楽しかったわ」

そう言ってシャルロッテが、クリストフの後ろに佇むメイドに視線をやって微笑んだ。クリストフはふん、と鼻を鳴らすにとどめたが、その顔を見ればどこか満足気で。

クリストフは幼いながらも天才であることは疑いようがなく、感情の読めない不気味な子どもであると周囲からは認識されていた。自分に厳しい分、使用人にも完璧を求める厳格な主人であったので、仕えるメイドたちも気が抜けなかったのだ。

そのため己の失態を突き付けられ、朝からずっと顔色を失っていたメイドはシャルロッテの言葉に目のふちに涙を溜めて、感謝を示すように彼女に深く頭を下げた。

「……まあ、悪くない時間でしたね」

ティータイムの終わりにそう言ったクリストフの頬は相変わらず白くてやわらかい曲線を描いており、シャルロッテはもちもちほっぺをつつきたい衝動（しょうどう）に駆られていた。

（でも、さすがにまだ早いかしら……！）

しかしその勇気はなく、早く仲良くなってやると心の奥で誓うにとどめたのだった。

翌日の朝、シャルロッテは起こされるよりも早く目が覚めた。

自分で顔を洗い、髪を梳き、服を着替えた。ローズが来るなりお願いをする。

「今日は私が先に食堂に行って、クリスを待ちたいの」

甘えるように見上げて言うと、心得たとばかりにローズは笑った。

「では髪の毛を結い上げましたら、少し早いですが食堂でクリストフ様を待ちましょう」

「ありがとう！」

シャルロッテのサラサラとした髪の毛を、ローズが手早く編み込んでいく。ハーフアップに整えて、最後に瞳と同じ紫のリボンを結び完成だ。

鏡の前でくるっ、くるっと頭を動かしてみせて「可愛いわ！　とっても上手ね」と微笑むと「こんなに美しいお嬢様と朝からご一緒できるなんて、クリストフ様もお喜びになりますよ！」と、デレデレと相好(そうごう)を崩してローズがほめそやしてくれる。しかしシャルロッテは、クリストフもたいそうな美形であることを思い出した。公爵であるシラーも、お顔立ちだけは大変美しい。無表情だし目つきと言動は怖いが。あと考え方もちょっと変だが。

そんなことをつらつらと考えながらも部屋を出て、ローズと共に廊下を歩いて食堂へ。

「よかった、まだ来てないみたいね」

食堂に一番乗りをしてクリストフを待つ。

あわよくば今日も授業に同行させてもらえないだろうかと考えていると、そんなに間を開けずにクリストフがやってきて、シャルロッテの顔を見つけるなり、首をこてんと横に倒す。

早くないですか？　のニュアンスで呼びかけられている。

「昨日はクリスが待っててくれたでしょう？　今日は私が待っていようと思って。早く来てみたのよ！」

にっこりと笑って言うシャルロッテを、無表情で見つめるクリストフ。

（なんで反応しないの？　え、もしかして引かれた……？）

言葉のないままクリストフは席につき、自分のメイドへと何かをささやいた。

そのメイドは食堂から出ていき、シャルロッテとクリストフの前には別のメイドからミルクがサーブされた。展開が読めずおろおろとクリストフの顔を見るも、反応はない。

（昨日散々待たせておいて、しかもいきなり授業も参加させてもらって……図々しすぎたかも）

クリストフも、かなり来るのが早い。この時間に来ていたなら、昨日はだいぶ待ったのではないだろうか。そんなことを考えるうちに、朝の意気込みはどこへやら。あんまりグイグイ行ったら引かれるよね……と、シャルロッテはしょんぼりして反省モードに入った。

そして、流されるままに食前の祈りを二人で捧げ、無言のまま食べ始めた。

沈黙が気まずいシャルロッテは、食べつつもチラチラとクリストフの顔を見る。視線に気づいたクリストフは食事の手を止めて言った。

「おねえさま、本日も一緒に授業を受けますか？」

「え？　いいの……？」

「はい。今、調整しに行かせたところです」

引いたわけではなかったらしい。「やった」と、思わずシャルロッテの口から言葉が滑り出る。なるほど、先ほどのメイドは授業の調整に行ったようだ。

「ぜひ、お願いします！」

そうして今日も一日、クリストフと一緒に過ごせることになった。気まずいと思っていたのは自分だけだったらしい。一気に気分が上がったシャルロッテはニコニコとしながら重ねてお礼を言う。

「クリスと昨日は授業ができて、楽しかったの。今日も一緒に過ごせてうれしいわ」

食事の手を止めたままのクリストフは、少し考えてから口を開いた。

「今日は最後の授業が馬術です。シャルおねえさまもやってみますか？　女性はあまり好まれない方も多いと聞きますし、昨日と同じくそれまでの参加でも良いですが」

実は昨日の最後の授業は剣術で、見学も意味がないだろうということで参加させてもらえなかった。クリストフに同行するのも中々ハードだったので、疲れたシャルロッテは早めに夕飯を食べて早々に寝た。

というわけで、今はとても元気だった。

「やりたいです！　ぜひ！」

シャルロッテは村で暮らしていた頃に、母と一緒に辻馬車に乗ったことがあった。「馬は賢く優しい生き物なのよ」と教えた優しい母の声を思い出してちょっと切ない。そんな思い出があって、シャルロッテは馬が好きだ。ぜひとも参加したかった。

「わかりました」

こちらを眺めるクリストフの目が、少し細まったような気がした。滲んだ涙を隠すように目を擦（こす）ってもう一度見た時にはもう、いつもの無表情だったけれど。

（早くクリスの笑顔が見たいな）

「今日の授業内容はですね……」

時間割を説明しながらも手早く朝食を済ませていくクリストフ。彼に合わせて、シャルロッテも早めに食べるよう意識して食事を再開する。まずは歴史の授業らしいので、お腹いっぱい食べて寝てしまわないようにと考えて、量も少し抑える。

そんなシャルロッテを、クリストフはじっと見ていた。

「どうしたの、クリス」

食事の終わり頃、クリストフの手が止まった。

「いえ。もうよいのですか?」

「十分食べたわ」とシャルロッテがカトラリーを皿に置けば「昨日はもっと食べていたのに」と言われてしまう。

その観察眼に驚きながらも、今日はこれ以上食べる気はしなかった。

「クリスはよく人のことを見ているのね、すごいわ」

「そうなんでしょうか」

わからない、といった様子のクリストフ。

「大人っぽいってよく言われない?」

「たまに。言葉を交わす人があまり多くないので」

無表情のクリストフの瞳は皿を見つめて、カトラリーを置いた。

「では、またのちほど」

（クリス、言ってることが寂しいよ）

去りゆく彼の背中を見ながら、シャルはこんな幼少期ならひねくれて育ってもしかたがないと思った。そして、普通の子ども時代を過ごさせてあげないと！　とも考える。

（でもどうしたらいいのかは、まだわからない。私、どんなふうに、大きくなったんだろう）

前世と合わせて二回の幼児期の体験があるはずだが、一回目の人生の記憶は曖昧だ。ぼんやりとした女の人生と、乙女ゲームをプレイしていたことくらいしか思い出せないのだ。今回の人生は、『お母様に優しく育ててもらった村の記憶』はある。が、べったりと母にくっついて幸せに過ごしたことしか覚えていない。

（そしたら、やっぱりもっともっと一緒にいること、かな）

考えをまとめながら、シャルロッテも準備のために部屋へと戻った。

授業は順調に進み、今日もティータイムの時間がやってくる。

昨日と同じマナーレッスンの女家庭教師が同席していた。

「あら、失礼」

家庭教師がぽとりとティースプーンをシャルロッテの近くの座席に落とした。わざとだ。すぐにメイドに目くばせをして拾わせ、新しいものを持ってこさせる。

それに満足気に目を瞬かせた彼女は、次はクリストフに向けてこう言った。

「クリストフ様、今日の紅茶はミルクティーにしても美味しくいただける銘柄です」

「では、そのようにして飲んでみます」

クリストフは小さな陶磁器からミルクをそっと注ぎ、スプーンを手前に向けてゆっくりと動かし、また戻し、白と紅を上品に馴染ませる。

「完璧です」

褒められたことなど意にも介さず、涼しい顔で一口飲み「コクが深くなりました。このような飲み方もあるのですね」と感想を述べる。

満足げに頷く家庭教師が「好みではなかったようですね。今日はただのレッスンなので、取り換えましょう」と手を挙げてメイドを呼んだ。

（貴族は直接おいしくないとか言えないんだよなあ。三歳なのによくこんな完璧な受け答えができるものだわ）

シャルロッテはひたすらクリストフのマナーに感心し、少しばかり三人で会話をしつつお茶を楽しんだ。和やかにティータイムが終わり、最後に。

「お互いを尊重しあえる、そんな姉弟になってくださいね」

優しいまなざしで二人を見つめて、今日も少し早く彼女は戻って行った。

シャルロッテは、新たにサーブされたストレートティーを飲むクリストフに問いかける。

「クリスはストレートの方が好き？」

ミルクティーが苦手ならばそうだろうとあたりをつけて、シャルロッテは会話しやすい内容をチョイスしたつもりだった。

「いえ、べつに」

「え？　ではどうして先ほどは……」

白くほっそりとした指で、シャルロッテはミルクの入った小さな陶磁器を指さした。

「好きではなかった場合の受け答えの練習です」

「そうだったんですか。取り替えたので、てっきり苦手なのかと」

手を膝の上に戻して、きゅっと握った。話題を間違えたかもしれない。

「先生をわざわざ止める必要もないでしょう」

「でも、クリスの好みが誤解されてしまうわ」

「好み、ありませんから」

幼児でありながら可愛らしいというより美しいその顔を、少し横に傾けてクリストフは言った。

「ええ！　好きな食べ物は？」

はしたないと思いながらも、シャルロッテは少し大きな声を出してしまった。子どもなのに、好みがない？　そんなことがあるのだろうか。

「それも、とくに。好きだと思われている食品は、いくつかありますが」

聞けば、誕生日のメニューにあったローストビーフやポテトなどの名前があげられる。

「ええと。違うなら、どうして『違うよ』って言わないの？」

「必要ありますか？」

シャルロッテは勢いよく答えた。

「あるわよ！」

無表情ながら、分からないといった顔をするクリストフに説明をする。

「だって、みんなはクリストフの好きな物を出したいと思ってしているのに、全然違うのよ？　そ

れって、それって」

（みんなの善意が無駄になる？　意味がない？　ううん、違う、もっと違う言葉で、優しく伝えないと……）

「悲しい、じゃない？」

「悲しいですか」

繰り返すクリストフは納得していない様子だった。

「私は悲しいわ。シャルロッテの顔をしばらく見て、クリスのこと、ちゃんと知りたいもの」

「では、シャルおねえさまには正直に伝えることにします」とクリストフは前置きして言った。

面倒だからそうする感が丸出しだったが、一歩前進だ。好みがないのなら、一緒に過ごしてシャルロッテがゆっくり探って行けばいい。

「ありがとう！　クリスの好きな物、一緒に見つけましょうね」

クリストフは無表情のままだったが、シャルロッテはそれでもかまわなかった。

今は、まだ。


数時間後、二人は馬小屋の横に立っていた。ガタイの良い講師は公爵家お抱えの馬丁（ばてい）だそうで「初めましてお嬢様！」と、よく焼けた顔いっぱいに皺（しわ）をつくって笑顔で挨拶をしてくれる。

「まずは馬に慣れることが課題ですからね！　今日はこの子と仲良くなってもらいます！」

彼が小さな白毛の馬の背中をぐいぐいと撫でながら言った。

「この馬はキャップといいます！　とっても賢くて、可愛くて、いい子です。きっちりトレーニングされているので、初心者でも大丈夫！　安心して触れ合ってください」

　ニカッと白い歯を見せて笑う彼が「ささ、こちらへどうぞ」と、膝をついて馬の首を抱え込み、二人にその背中を撫でさせてくれた。

「お二人は、キャップが怖いですか？」

「怖くないです」

「とっても可愛いです！　意外と毛って硬いんですね」

　そんな二人の反応に満足げに頷いた馬丁は、足元からデッキブラシの先っぽのようなものを拾い上げて渡してくれる。

「では、これでブラッシングしてみましょう！　毛の流れにそって、やさしくしてあげてくださいね。キャップと仲良くなれますよ」

「わああ！」

　歓声を上げるシャルロッテと、黙っているクリストフ。

　ちらっとクリストフを見ると相変わらずの無表情で動きそうにないので、シャルロッテが先にブラシを受け取ってキャップの背中を撫でてみせる。馬丁は手綱（たづな）を握るのみだが、賢い馬は一ミリも動かずじっとしていた。前世で言うポニーくらいの大きさだろうか、顔が意外と大きくて、目がクリクリとしていて可愛い。

「はい、クリスの番よ」

　ブラシを渡すと、クリストフがキャップの背中をそっと撫でた。キャップはじっとお利口さんにしている。クリストフはまるで機械かのように、一定のリズムで撫でる、撫でる、撫でる。

「お二人とも上手ですね！　とっても気持ちがよさそうですよ！　こうやって触れ合ったり、名前を呼んだりして、馬と信頼関係を築きます！　また、馬は人間の気持ちがわかります。怖がっていたら、バレちゃいます。リラックスして触れ合ってください。それから、馬はリーダーが……」

馬丁の言葉もそっちのけ、クリストフはひたすらにキャップの背中を撫でる。撫でる。撫でる。

馬丁のわりと長い話が終わってもずっと、馬を撫でていた。

「あの、クリストフ様。そろそろ……」

「ああ」

無表情のクリスはやっと馬丁へとブラシを返した。心なし残念そうな気がする。

（クリストフ、馬が好きなのかも！）

シャルロッテは嬉しくなってクリストフに「すごいわクリス、馬に慣れてるのね」と声をかけた。

すると彼は黒髪をふるふると振りながら言う。

「全然です。まだ授業は二回目で……前回は馬の解説で、今日初めて触ったのです。馬の後ろには立ってはいけないんだそうです。びっくりして蹴られるかもしれないからって、それから……」

「うんうん、それでそれで？」

突然饒舌（じょうぜつ）に話し出したクリストフに、馬丁はすごく驚いた顔をしたが、シャルロッテは嬉しそうに相槌（あいづち）を打って話を聞いた。

実は、クリストフは前回の授業ではほぼしゃべらなかったのだ。その上無表情なので、授業に興味があるのかないのか、馬丁は不安だったのだが……この様子を見て安心をした。

「クリストフ様、よく覚えていらっしゃる！　では、前回の授業のおさらいを兼ねて、シャルロッテ様にも馬の説明を致しましょう！」

馬丁が嬉しそうに白い歯を見せて笑えば、キャップもブルル！　と声を上げた。

それから二人はたくさん説明を聞いて、最後にもう一度ブラッシングをさせてもらい、この日の授業は終了した。クリストフとシャルロッテは「次回は引き馬にまたがってみましょう、乗馬服をご用意くださいね」と言った馬丁をキラキラした目で見上げていた。

「次回も楽しみね、クリス！」

「ええ、そうですね」

❦　❦　❦

そのまま流れで夕食を一緒に食べる約束をして、食堂に再度集合したシャルロッテ。

クリストフと二人で食卓を囲みながら、あれやこれやと問いかける。

「じゃあ、この野菜サラダとお肉ならどっちが好き？」

「どちらも必要な栄養があるから、バランスよく食べます」

「違うの。クリスはどっちの方が食べたいかってことを聞いているの。栄養が同じだとしたら、どちらの味を選ぶ？」

「……お肉、だと思います」

クリストフの好き嫌いを探っているのだ。質問を重ねてみれば、まだクリストフ本人もあいまいなのだろうが、好みはちゃんとあるとシャルロッテは感じていた。

「今日の馬術の授業はどうでした、シャルおねえさま」

「楽しかったわ！」

「その他の授業は？」

「とても勉強になったわ、一緒に受けさせてくれてありがとう」

歳は離れているが、クリストフの受けている授業はレベルが高い。そのためシャルロッテが受けていても勉強になることばかりだった。

修道院では本を読むことを主軸とした授業だったので、専門性の高い家庭教師の先生たちの生きた話は面白く刺激的だった。また、クリストフもどうやら、横にシャルロッテという仲間がいる状況は悪いものではなかったらしい。

というのも、今日の授業で社会学の先生は嬉しそうな顔をしてこんなことを言ったのだ。

「いやはや、クリストフ様がこんなにも発言なさるのも珍しい」

外国語の先生も期待した目でこちらを見ていた。

「次回もぜひシャルロッテ様もご参加ください。語学は使ってこそですから、慣れてきたらお二人で会話をするのも良いですね」

果ては話す必要のない歴史の先生でさえも。

「姉弟仲睦まじくて良いことです、次回以降も二人でおいでくださいませ」

やんわりとヴェールに包んだり包まなかったりした先生方の感想をまとめると『シャルロッテがいると、クリストフがよく話す』そうだ。

というのも、クリストフと仲良くなりたいシャルロッテはよく彼に話しかける。授業中でもなんでも、タイミングを見ては声をかける。クリストフは律儀に毎回応える。

今まで無言無反応に近いクリストフにマンツーマンで教えていた教師陣は、あまりの反応のなさに戦々恐々としていた。『もしかして、つまらないのかもしれない』と。しかし公爵令息に軽々しく雑談をしかけて聞けるわけもない。

そこに普通の反応をするシャルロッテが登場し、クリストフにもグイグイ聞くわけである。教師陣からすれば、まさに天の救いだった。

しかも中身は大人を経験済みなので、シャルロッテは空気が読める。居ても邪魔にならないどころかプラス要素が大きいため、彼女の登場は教師陣に歓迎されていた。

「クリストフって、先生たちとおしゃべりしたりしなかったの？」

「聞かれれば答えます。先生方に無駄に話しかけたことはないです」

クリストフは、何か問題でも？　と言いたげな目で答えた。

「別に、悪いってわけじゃないわよ」

出席した全ての授業の先生から「次回もぜひ」と言われているので、明日以降もシャルロッテは同席させてもらうことになりそうだった。クリストフは、嫌じゃないのだろうか。それが心配だっただけである。

「私、クリストフよりも、よくしゃべると思うのだけれど」

「そうですね」

「嫌じゃ、ない？」

シャルロッテがそう言うと、クリストフは食事の手を止めてきちんと彼女の目を見た。

「いえ、とくには」

「明日も一緒に授業を受けてもいい？」

「先生方もそのつもりかと」

「そうかも、だけど……クリスの、嫌なことはしたくないし……」

シャルロッテが歯切れ悪く言葉を紡ぐ姿から、ふいっと目をそらして肉を切り分け始めるクリストフ。

「おねえさまは、弟と一緒に過ごすものでしょう」

きゅーんと、シャルロッテの胸が母性を覚えた。六歳児の薄っぺらい胸に母性本能など宿るものかと思うが、前世のせいだろうか。

「ええ！　明日もご一緒させてもらうわ！」

（デレだ。これは、ツンデレのデレではないだろうか！　まだまだ微糖だけど、なんだろうすごく嬉しい！）

その後は終始目を合わせてくれなかったクリストフであったが、シャルロッテは一日を大満足で終えたのだった。


そうして気が付けば公爵邸に来てから一か月が経とうとしていた。

クリストフとは毎日朝から夜まで一緒に過ごし、授業も剣術を除き二人で受けている。

公爵邸に招かれる教師陣の授業はやはりレベルが高くて面白い。シャルロッテは日々の授業を通して『このまま頑張れば、就職だってできるのでは』と思い始めていた。公爵家の嫡男の教育は、貴族界の最高峰といえる。それを一緒に受けているシャルロッテは、将来クリストフの闇落ちにより公爵家が没落したとしても、どうにか生きていけるかもしれないと考えたのだ。

（目指せ！　手に職！）

就職という新たな目標を抱いたシャルロッテは、殊更熱心に授業に打ち込むようになった。

（もちろん、家族になったクリストフを殺人鬼になんてさせないのが第一だけれども、その後の人生の選択肢としてね！　自立できるようにしておいた方がいいでしょう！）

そうして、本腰を入れて学び始めたシャルロッテは教師たちに、時折鋭い質問を投げるようになった。将来のことを考えれば、細かいことでも気になり始めたのだ。

教師たちは「シャルロッテ様も授業に慣れてきましたね」と変化を良い方向に受け止め、嬉々として質問に答えている。

この変化に影響を受けたのがクリストフだ。

例えば先日の算術の授業。

「先生、質問よろしいでしょうか。どうして図形の辺の数で……」「ああそれはだね……」と、講義の合間にシャルロッテが質問して、教師が答える。横でクリストフは黙々と問題を解く。それがいつものパターンだった。しかし。

「先生。僕も質問があります」

あんぐりと口を開けた先生の顔は、シャルロッテの脳内で数日間繰り返し思い出され、少しの笑いを提供するほどに傑作だった。目玉も飛び出るかと思うほどに見開かれていたので、シャルロッテは思わず「ぷっ」と、淑女らしからぬ吹き出し笑いをしてしまったほどだ。

先生曰く、初めての質問だったらしい。

以前、クリストフは算術の授業が好きだと言っていた。頑張るシャルロッテに対抗心が湧いたのか、触発されたのか。どちらにせよ、クリストフのその様子に先生は「んおおお！　な、な、なんだね！　なんでも！　なんでもきいてくれ！」と見たことのない興奮状態で質問に答えていた。

またその日、クリストフは先生にお願いして宿題として算術パズルの本を貸し出してもらっていた。練習問題にあったものだが、どうやら気に入ったらしい。

「おねえさまにも、僕が終わったら貸してあげてもいいですよ？」

借りた本をぎゅっと胸に抱きながらツーンとして言うクリストフはそれはもう可愛らしく、シャルロッテは「ありがとう」と返しながらニマニマしないよう顔の筋肉を引き締めることに苦労した。

今までの授業では、自発的に口を開くことがほぼなかったというクリストフの変化。

シャルロッテがしゃべることに応えるだけでも教師陣には驚きだったのだが。しかし更にクリストフは自分で学ぶことを望み、教師に本まで借りた。その変化はメイドを通して当主であるシラー公爵にも報告されていた。

「久しいな」

「失礼しました、いらっしゃると思わず！　すぐに出ます！」

夕食後。シャルロッテが図書室に入って行くと、たまたま中にシラー公爵が居た。相も変わらず目つきが悪いが「かまわん、もう出ていくところだ」と、言葉は優しい。

「クリスとの仲は良好だそうだな」

「おかげさまで、仲良くしていただいています」

「クリスにも良い刺激になっているらしい」

「もったいないお言葉です」

頭を下げるシャルロッテに、シラーは「もっと楽にしろ」と声をかけてくれる。

「教師たちから授業はシャルロッテも一緒に受けるよう、引き続き取り計らってくれと言われているが」

無言の圧で、それでいいな？　と、問いかけてくるシラーの高い位置にある頭を見つめ、シャルロッテはこくりと頷いた。

「はい。クリストフ様が良いのであれば、私はご一緒させていただきたいです」

「他人行儀はよせと言っている。クリスといつものように呼ぶがいい。報告は受けているからな」

呼び方まで細かく把握しているとは。シャルロッテは内心驚いた。クリストフに興味がなく全然関わっていないようでいて、日常のことまで事細かに報告をさせているらしい。

「お、お義父様は、よろしいのですか」

「よい。シャルロッテ、君はもうクリスに立派に影響を与えている。クリスの〝おねえさま〟だ」

タイミングを見計らっていたのだろう、グウェインの声が聞こえた。

「旦那様、お時間です」

グウェインはスッと現れてドアの横に立ち、シラーが動き出すと同時にドアを開く。

「では。心して行動するように」

シラーの黒髪が見えなくなるまで、シャルロッテはドアを見つめながら、彼の言葉を胸の内に受け止めた。

（そろそろ、なんとかしないとだよなぁ）

シャルロッテは、シラーの言う『心して行動』せねばならない事柄に心当たりがあった。

それは、クリストフのことでも、授業のことでもない。

下級メイドたちとの主従関係がうまくいっていないことだ。

シャルロッテがクリストフと行動を共にするようになってからは、直接的な嫌がらせはほぼなかった。というのも、シャルロッテに関わる位の高い上級メイドたちはシャルロッテを認めてくれているのだ。立ち振る舞いや、クリストフとの良好な関係性を目の当たりにして、彼女を軽んじる者はいなくなった。

下級のランドリーメイドが関わるリネンの類はローズが細かくチェックを入れているし、マリーが気を配ってくれているのかもしれないが、部屋の前の庭の手入れも行き届くようになった。

だが、見え隠れする小さな悪意というのは、意外と人の心に刺さる。

ある日のこと。シャルロッテが先を行き、クリストフが後をついてくるようにして歩いていた。すると少し先ではあるが、前方にハウスメイドが数名固まって何かを話していた。背も低く顔も幼いので、見習いかもしれない。

クリストフについているメイドが「失礼します」と言って注意をしに行けば、蜘蛛の子を散らすように去っていったが……正直、気分が悪くなった。何を言っているのか分かる距離ではなかったが、雰囲気でシャルロッテのことを悪く言っているのだろうと感じたからだ。

（私がここで気に食わないと言えば、ただ固まって立っていただけでも、あの娘たちは本来罰を受ける立場。仕事をさぼっていたことを理由に処罰を望めば、鞭打ちくらいにはなるでしょうね）

頭を振って、その考えを打ち消す。シャルロッテは無駄に人をひどい目に遭わせたいわけではない。ただ、快適に公爵邸で過ごしたいだけなのだ。

それに、被害妄想かもしれない。そう自分に言い聞かせるが、シャルロッテは本当は知っていた。外国語でも悪口は伝わるのだから、言われた方には分かるものだ、と。

「おねえさま、どうかしましたか」

メイドが戻ってきても、ずっと立ち止まっていたせいだろう。クリストフに気遣われるとは驚いた。

「なんでもないのよ」とシャルロッテは再び歩み始める。

次の授業は馬術のため少し離れたところで行われる。二人は黙々と歩いた。いつもはよくしゃべるシャルロッテだが、そんな気分にはなれなかった。

するとしばらくして「おねえさま、どうかしたんですか」と、クリストフが再度言葉を落とす。

クリストフは冷たそうに見えても、人をよく見ている。人の心の機微にも気が付くことができる。道を間違えなければきっと、優しい子になれるだろうとシャルロッテは思った。

「大丈夫よ、ありがとう。少し考え事をしていたの」

（心配してくれてるってことよね、少しは仲良くなれたと思っていいかしら）

「なら……いいのですが」

クリストフはそれだけ言って、いつもの無表情のままシャルロッテの後ろを歩いていった。

(今考えれば、弟に心配されるなんて情けない姉だこと。お義父様に言われるまでもなく、そろそろなんとかしないと)

クリストフと一緒に居れば問題ないからまあいいや、では済まされないのだ。ここのところ不気味に大人しいメイド長のことも気になるところだ。

そしておそらくシラー公爵は、全てを把握しながらシャルロッテの対応を待っているのではないだろうか。

ザビーの処遇を願い出た際の『身をもって、この決断の甘さをお前は知ることになる』というシラーの言葉が、シャルロッテの脳内に響いていた。

❦ ❦ ❦

シラー公爵の言葉を思い出し、シャルロッテはうんうん唸(うな)りながら自分が何をすればいいのか考えた。

「お義父様は、私がどうすることを望んでいるのかしら」

(そして、私はどうしたいんだろう。どうすることが正しいんだろう)

このまま放置することはできないと覚悟を決めたシャルロッテは次の日、とある人物に会ってもらえるよう約束をとりつけた。忙しいらしく、夜ならばと、シャルロッテの夕食後あたりに時間を確保して貰(もら)えた。

シャルロッテはリリーを連れて屋敷の廊下を歩く。決断する前にまずは情報収集しなくてはならない。相手を待たせることがないようにと、少し早めに約束の場所に向かうが、その途中で目当ての人の姿を見つけた。

その人物は、見習いメイドやメイド長の件を把握しているだろう立場にある。しかもシャルロッテとは関わりが薄く、客観的に全体像をとらえていそうだなと当たりをつけた。

「グウェイン様！」

黒いベストにひらりと長い裾の割れたテールコート、白いシャツは首元までぴっちりとネクタイで締められ、白髪の混じる黒髪はオールバックに撫でつけられて固まっている。右目にきらりと光る片眼鏡（モノクル）がよく似合う、一分の隙もない、まさにシャルロッテの想像する〝執事〟そのままの格好。

そんな家令のグウェインがちょうど向こう側からやってくる。

「シャルロッテ様、今お迎えに上がっているところでした。遅くなって申し訳ございません」

頭を下げるグウェインは「ご案内いたします」と白い手袋をした手で進行方向を示す。

「お忙しいのに、すぐに時間をつくってくださってありがとうございます」

連れだって歩きながらシャルロッテが言えば「いえ。お嬢様、私のことは『グウェイン』と呼び捨て、敬語もお使いになりませんようお願いいたします」と淡々と返された。

（あれ、ちょっと、そっけない……？）

声のトーンの低さと、淡々とした物言いに、シャルロッテは冷たさを覚える。

グウェインに嫌われるような心当たりはないが、どうしてだろうと考える途中、背中をクイッとひっぱられた。リリーかと思い驚き振り向けば、先ほどまで一緒に夕飯を食べていたクリストフで。

「なにしてるんですか。今日の授業はもう終わりましたよ」

無表情なのは相変わらずだが、少し不機嫌そうに目に力が入っている。

クリストフはグウェインの顔をチラッと見て、すぐにシャルロッテに視線を戻した。

「何があったんですか？」

なんだかばつが悪くて目をそらすが、クリストフは「ねえ」と言ってそれを許さない。

「ぐ、グウェインにちょっと相談があって」

「僕にはないのに？」

「その、屋敷のことだから」

「僕も屋敷のことは分かります」

「ちょっとお願いごともあって」

しどろもどろになりつつシャルロッテが答えていると「ふぅん」と、クリストフ。

「僕も聞く」

「えっ」

「では、坊ちゃまもご一緒に参りましょう」

グウェインは「こちらです」と案内を再開して歩き出してしまった。クリストフも「おねえさま、行きましょう」とそれに続く。不機嫌オーラを放つクリストフの小さな背中を見ながら、シャルロッテはため息をついた。

「……で、その赤毛のメイドはクビ。なってないメイド見習いたちはまだ屋敷に居るわけ」

案内された先にはソファにテーブルがあった。グウェインは、手ずからホットミルクを用意してくれた。クリストフはシャルロッテによる今までの事情を説明中、ずっとカップの横をトントンと苛立たしげに指で叩き、一口も飲まなかった。控えるようにテーブルの横に立つグウェインを、クリストフがじろりとにらみつける。

「うん、そう。でも大丈夫よ、なんとかするつもりだから」

「どうやって？」

「それを決めるために、グウェインに相談しようかと……」

「ああ、なるほど」

クリストフは頷き「まず、シャルロッテおねえさまは貴族と使用人の関係が分かってない気がする」と言う。

「そう、かも。ここに来る前は修道院に居て、使用人はいなかったから」

その前は田舎の村に居て、自分の母親は元貴族とはいえ偉ぶるところは一つもなかった。シャルロッテは貴族や使用人というものに触れてこなかったのだ。

クリストフはぴくりと眉を上げて「おねえさまの昔のお話は、またゆっくりきかせてもらいます」と言った。

「まずはグウェインのことから説明します」とクリストフが横に立つ彼を示す。

「家令頭は使用人の中でも一線を画して階級が高いです。屋敷の管理とお父様の秘書を務めていて、多忙。家令を務めるのは、貴族出身の者が多いです」

「グウェインは？」

「私の父は伯爵です」

グウェインも立派な貴族だった。しかも伯爵。驚き固まるシャルロッテを見て、グウェインは
「しかし四男ですので」と付け加えた。

「公爵家の縁戚でもあります。ほら、おねえさま、同じ髪色でしょう」

たしかに、クリストフも公爵様もグウェインも黒髪だ。前世日本人としては落ち着く光景だが、この世界では珍しい髪の色である。

「貴族って、この屋敷に結構いるのかしら」

聞けば「シャルロッテ様の部屋付きのメイドは二人とも男爵家出身ですよ」と衝撃の事実を知らされた。

「僕の部屋付きのメイドも貴族の娘だよ」と追い打ちをかけるクリストフ。

「全然知らなかったわ」

シャルロッテは小さく頭を振った。

「メイドの中での身分の区別を簡単に言いますと、貴族・地主階級や富裕層・平民と分かれます」

グウェインが三本の指を立てる。そのうち一本を指して「貴族はお分かりかと思いますが」と言い、残りの二本を示す。

「平民の中でも、地主や豪農といった豊かな者と、そうでない者には格差がございます」

「ああ、なんとなく、分かります」

シャルロッテは村の様子を思い出していた。村長の家と、その他の家は大きさや暮らしぶりが違ったように思う。

「お坊ちゃまやお嬢様の身の回りにて関わらせていただくのは、基本的には礼儀のある者……平民

以外でございます。屋敷の掃除をするハウスメイドや、洗濯をするランドリーメイド、料理に関わるキッチンメイドは下級使用人で、平民がほとんどです。同じメイドですが、上級メイドと下級メイドを同じように扱ってはおりません。下級メイドは備品のように考える貴族がほとんどです。そこには、明確な身分の差があります」とグウェイン。

「シェフは身分が高いけどね」とクリストフが口を挟めば「そうですね、シェフや庭師、馬丁に関しては、生まれではなく技術が重視されます」と、補足説明までしてくれた。クイッと片眼鏡の位置を整えて、グウェインは続ける。

「また、下級メイドと見習いにも、同じく大きな差があります」

『下級メイドは備品のようなもの』と事もなげに言い放たれた言葉に衝撃を受け固まっているシャルロッテをよそに、グウェインはこう説明した。

見習いは、より上位のメイドから人格・働きぶりなど評価をつけられており、ふるいにかけられていく。つまり見習いメイドはまだ、使用人ですらないただの平民のようなものである、と。

（『ただの平民』って……現代日本とこの世界は、価値観が全然違う。理解していたようで、私は全然分かっていなかったのかもしれない）

「その……正直に言ってもらっていいんだけれど、私のザビーへの対応、どう思ったかしら？」

「大変お優しいなと感じ入りました」

「おねえさま、これ嫌味だよ」

「えっ」

クリストフとグウェインの顔を、首を振るようにして交互に見るシャルロッテ。「グウェイン、正直に言っていい」とクリストフが声をかけた。

「では僭越ながら……道端で公爵家のご令嬢に、平民の少女が怒鳴りつけて石を投げたとしましょう。石が当たらなかったとしても、どうなると思いますか？」

「罰をうけると思うわ」

「賠償金を払えるかによりますが、労役によって償うことになります。最悪のケースですと死刑です」と、グウェインは再び、神経質そうな指先で片眼鏡の位置を直す。

「お嬢様。では、ザビーは屋敷の中でお嬢様にご無礼を致しました。結果どうなりましたか？」と、意地悪く問いかける。

「……クビになったわ」

「ただの解雇ですね。道端ですらまかり通る決まりが、この公爵邸では通用しないようです」

目を閉じて、ぐっとこらえて「ええ、そうなってしまったわね」と答えれば、グウェインは続けた。

「修道院にいらっしゃったお嬢様は、慈悲の心が深い。神の下には皆平等ですから、致し方ありません。ですからザビーの処遇は『しかたなかった』と。お嬢様からすれば、慣例や決まりを曲げても『しかたのない』理由だったのですよね」

「神様は関係ないわ……」

自分のせいで、人がひどい目に遭うのが、嫌だっただけ。

それがしかも相手は子どもで、シャルロッテ本人は痛い思いなんてまったくしていなくて。

ちょっとお腹は空いたし、嫌な思いもしたけれど、それだけだ。鞭打ちや死刑、しかも周囲を巻き込むなんて、とんでもないと思ったのだ。元をたどれば公爵様の言い方も悪かった。そう考えた瞬間。

「ああそれとも、まさかですけど……旦那様の発言に問題があるとお考えですか？」

仮面のように、のっぺりとした笑顔だった。グウェインは笑っていた。

でも笑っているのに、目が笑っていなかった。

「グウェイン、そこまでだ。そもそもメイド長の采配（さいはい）に大きな問題がある」

クリストフの声に「はい、お坊ちゃま」とグウェインは恭（うやうや）しくお辞儀をした。

「失礼な発言を許したのは僕です……あのままでは、グウェインはのらりくらりと、何の益にもならないことしか言わないと思ったので。ですが……」

クリストフはシャルロッテの顔を見て「おねえさま、」と何か言いかけて下を向いた。

「いいえ、ありがとう。本音を聞けてよかったわ」

「グウェインは、お父様に心酔（しんすい）しているのです。あまり気にしないでください。この男は僕にも気を遣ったりしませんので」

シャルロッテがシラー公爵にザビーの処遇を軽くするよう求めた際、グウェインはその場に居た。全てを聞いていたのだ。シャルロッテが、ザビーの愚行を『シラー公爵の発言が発端である』と言ったことを。ああそうかとシャルロッテは納得した。グウェインはあの時からずっと、シャルロッテに良い感情は抱いていなかったのかもしれない。

シャルロッテがグウェインに視線を向ければ、彼は「失礼を申し上げました」と、シャルロッテにも頭を下げた。

「私は、公爵家の嫡男であるクリストフ様はもちろん、公爵家の一員となったお嬢様にも誠意をもってお仕えしております。今回は坊ちゃまのお許しを頂いて、少しばかりお耳に痛いことを申し上げましたが、これも全てお嬢様のためになると思ってのことです」

ザビーの時は『一族郎党処刑にするか？』と、あれだけ貴族然とした対応を提示していたのにもかかわらず、今回は静観しているだけのシラー。慇懃（いんぎん）無礼なグウェイン。私のため。義理の娘となった子どもの、生ぬるい思考回路。貴族の決まり、慣例、前例。ぐるぐるとシャルロッテの頭の中を巡る。

（公爵家の一員として、貴族として、私がとるべき態度は……）

ザビーの時も、シャルロッテはうろたえて、リリーやマリーに守られるばかりで何も言えなかった。その上、当事者として罪を問わないとシラーに主張をしたので、厳しい罰にもなっていない。

はっきり言って、公爵家の一員として不適格だろう。

（公爵様は、私がずっと今のままの態度だったら、どうなさるおつもりなんだろう）

思考がまとまらない。

シャルロッテはそうしたら、捨てられるのだろうか。

あの村の家のように、ヴァーサという名前のように、なかったことになるのだろうか。

一部のメイドからの嫌がらせに関わることを、おそらくだがシラーは詳（くわ）しく知っているのではないだろうか。無論このグウェインも。

シャルロッテの思考を断ち切るように、クリストフの淡々とした声が問う。

「グウェイン、お父様は今回のことをどうお考えだ」

「私のような者にはとても、旦那様のお考えを勝手に代理で口にするなど……」

演技がかった仕草で頭を振るグウェインに、クリストフは小さく舌打ちをした。

「じゃあ、グウェインはどう考える」

「お嬢様に関することですから、お嬢様のお心が大切かと」

その言葉でやっと、シャルロッテにはすべてが繋がって見えてきた。

あのザビーの処遇を願い出た日に、シラー公爵から指摘されたことの本質。

(私が自分で、なんとかしようと思って動かないとダメだったのね)

シャルロッテは何もしていない。それどころか、いくら嫌がらせをしたところでクビで済むという前例を作ってしまい、メイド長のこともなあなあで終わらせてしまったのだ。

「私が相談したら、グウェインはアドバイスをくれる……?」

「もちろんでございます」

シャルロッテは、どんな刑罰が適当か、知らなければならなかった。

そして使用人たちに、主人に値すると示さなければならなかった。

「まだ、間に合うかしら」

なのにシャルロッテときたら『あまり酷いことはしたくない』と甘いことばかり。

このままでは結局いつかどこか同じことを繰り返し、使用人に侮られ、安全なはずの屋敷の中で誰が敵かも分からぬ状態で過ごすことになるだろう。それはザビーのせいでもなく、メイド長のせいでもない、シャルロッテの考え方の問題であった。

シラーは、シャルロッテの根本的な考えを変えなければ意味がないと考えている。彼はシャルロッテの思考を修道院のせいだと思っているが、違う。現代人として生きた、転生者の思考のせいだ。

（私が今生きているのは、ここ。自分のできる範囲で人に優しくするのは、悪いことじゃない。でも、決まりや慣例を、曲げてはいけなかった。自分の立場を、自覚しなければいけなかった）

でないと、混乱を生む。

それは自分のためにも、周囲の人のためにもならない。

決まりは秩序のためにある。自分たちの生活や、権利を守るためにある。

貴族である以上、それらを無視してはいけなかったのだ。

ザビーへの処罰で歪めてしまった分は『養子としての周知前だったから』という理由で無理矢理押し通してもらった。でも、もう今後はそうはいかない。

息を吸って、そして吐いて。

「グウェイン、私に失礼なことをするメイド見習いたちがいるの。監督は誰かしら」

グウェインの目が、シャルロッテを捉える。演技がかった態度で彼は答える。

「メイド見習いでしたら、メイド長が監督者になります」

鋭い視線にひるまぬよう、お腹に力をいれて、背筋を伸ばす。

「まあ……！　指導者としての力量が、足りてないのではないかしら？」

「そのようですね。わたくしどもの方で、対処してもよろしいですか？」

「お願いするわ。それから、私が主人に値する人間だってことを、少しずつでも全体に示すべきかと思っているの。屋敷に来てまだ日は浅いけれど、私は公爵家の一員なのだから、その、使用人とも、もっと関わろうと思うんだけれど」

シャルロッテは毅然とした態度で答えるが、上手い言葉が見つからずに少し勢いをなくしてお願いを付け足す。

「その時は……グウェインに協力してほしいの」

「ご命令くだされば、なんなりと」

グウェインは、合格です、といわんばかりの微笑みを浮かべていた。

それに面白くなさそうな顔をするのはクリストフだ。

「公爵家の一員であるおねえさまに不敬を働く者など、即時、クビを切るべきだ。グウェインもおねえさまを試すようなことをするな」

じろり、赤い瞳でグウェインを見据えるクリストフの頬はほんのりと膨れており、その愛らしさにシャルロッテとグウェインは目じりを下げた。

「ありがとう、クリス。でもね、私もクリスのお姉ちゃんとして、グウェインや、お義父様、そして屋敷を支えている使用人たちにも……認められたいの。私にチャンスをちょうだい」

「僕がひとこと、ふたこと言えば解決することでも？」

念を押すようなクリストフの言葉に「それでも」と、真っすぐ見つめ返すシャルロッテのお願いに、彼はしぶしぶ頷いた。シラーやクリストフの言葉があれば、表面上は落ち着くだろう。しかし、心の奥底で侮られたままであったら、シャルロッテは意味がないと考えた。

「……何をするつもりですか？」

「そうねえ」

しかしそれを口にする前に、シャルロッテには確認するべきことがあった。

「メイド見習いたちへの処罰は、慣例としてはどうなるのかしら？」

「あまり失礼な態度をとるメイドというのは前例がないのですが……器物破損などでクビになるケースですと、罰金を支払うだけの蓄えがなければ労働で返すことになります」

「それって、お給金なしで働く、ということ？」

「いいえ。処分対象となるような使用人をこの屋敷には置いておけませんので、こちらで就職先を紹介し出て行ってもらいます」

それでは、シャルロッテに失礼な態度を取り続けている見習いメイドたちも、この屋敷に留めるのは処分として不適格ということになるだろう。

「私に失礼なことをした見習いメイドがみんないなくなったら、困るかしら？」

「困りませんよ。公爵家は募集をかければすぐに人が集まりますし、見習いであれば故郷に戻すだけですので手間もありません」

見習いメイドは、現代日本で言えば子どもといって差し支えないほどに年若いメイドたちばかりだった。行きつく先が故郷であれば大丈夫であろうと、シャルロッテは安堵する。

しかしそんな顔を見たグウェインは、ニコリと笑みを張り付けて要らぬ事実を告げる。

「ちなみに見習いに限って言えばですが、使用人として本採用になれば、出身の地域は減税されるはずでした」

「え……」

「故郷に戻ったら、針のむしろかもしれませんねぇ」

シャルロッテの腹の底は冷たく重い石を抱えたように重くなる。

「グウェイン」

クリストフの制止が小さく落ちた。

「減税は通達してないはずだ」

静かにいさめるが、グウェインは「慣例でいくとそうですから、知っている者は多いでしょう」と答えた。

クリストフは私の顔を見て、グウェインをあしらうようにひらひらと手を振った。

「カップを片付けてきてくれ」

二人とも、一口も飲んでいないミルクの入ったカップは回収された。音もなく出ていくグウェインの気配が遠ざかるのを感じてから、シャルロッテは深いため息をついて下を向く。

(私のしようとしていることは、どの方向にいってもあの子たちにはつらい結果になるのね)

シャルロッテがぼうっと考えていると「いいですか」とクリストフの声が思考を引き戻す。

「前回も、今回も、もともと相手が悪いことです」

「ええ」

「おねえさまは悪くない。おねえさまがわざわざ心を配ってやる必要など、ないのです」

そう言いながらクリストフはそっぽを向いた。

「ありがとう」

言いながら、情けない気持ちが胸につまってシャルロッテは涙をこぼした。

(私が悪くないなんて嘘だ)

そう思うと、余計に泣けてきて。ぐすっと鼻をすするシャルロッテの目のあたりを、ふっくらとしたクリストフの手がつかんだ。

「な、泣かないで」

涙を止めるかのようにクリストフの手で目を押さえられてしまって、シャルロッテの視界は真っ暗になる。ぎゅうっとスカートの裾を握りこんで、言葉を続けた。

「私、せっかく家族にしてもらったのに……なのに、うまく、できなっ……かった」

「まだひと月ですよ」

抑えているのにじわじわと熱い涙が滲んでくることに、クリストフはやたらと色々な角度でシャルロッテを見るが、どうしていいかわからずオロオロと周囲を見回した。

「クリスにも、お、お姉ちゃんらしいこと、できなくてっ」

「僕はおねえさまがいて、授業が良い変化をしたと思っています」

ボロボロとこぼれる涙を、クリストフがテーブルの上にあったペーパーナプキンでぬぐう。

「まちがえ、ちゃったし」

今までのことを思うと、情けないやら、恥ずかしいやら、後悔やら、しかたがないと人のせいにしていたり、自分の甘さに自己嫌悪を覚える。シャルロッテは目を開けた。

クリストフの紅い目が、こちらを見ていた。

「おねえさまは、僕のものです。ぼくが貰ったんですからね」

優しく涙をぬぐうその手が、シャルロッテの頬をつつんだ。

「だから、僕に頼ってください」

言葉をかけるクリストフの必死さが伝わって、シャルロッテは少し笑った。小さな体で一生懸命言ってくれることが嬉しくて、可愛らしくて。泣き笑いするシャルロッテに安心したのか、クリストフはもう一度涙をぐいぐいとぬぐって「もう大丈夫です」と言った。

「私が泣いてるのに！」

勝手に大丈夫と判断されて、思わずシャルロッテが声を上げる。

「もう止まりましたもん」と飄々とソファに座るクリストフ。

「ほんとだ」

シャルロッテの目は、もう涙をこぼさなかった。

「ハンカチを持っていればよかったと後悔したのは、人生で初めてです」

「まだ子どものくせに」

笑うシャルロッテに、つんとすましたクリストフ。いつもの和やかな二人の雰囲気に戻った。

戻ってきたグウェインは、明らかに泣いた跡のあるシャルロッテの顔と、ぐちゃぐちゃになったペーパーナプキンを見てこう言った。

「旦那様は『今年はメイドの選別が早まって良い』とのことでした。見習いが全員不採用の年もありますから、怒ってらっしゃいませんよ。私の方からも、旦那様に相談をしておきますのでご安心ください。お嬢様の屋敷内での使用人との関わりについても、私の方で調整させていただきます」

おそらく、慰めてくれたのだろう。

(私が、公爵様を怒らせて、怖くて泣いてると思ったのかしら？)

もしかして、自分が旦那様に怒られるのが怖いから？　なんだかグウェインも子どもみたいだと、先ほどとは違って落ち着いた気持ちで考えることができた。

少しリラックスしたシャルロッテの様子を察したのだろうか、グウェインはおどけた口調でこうも付け足してくれた。

「それに、お嬢様の頑張りはマリーからも聞いております。実はわたくしたちは夫婦なのですよ、ご存知でしたか？」

「ええっ！」

衝撃の事実に驚くシャルロッテ。しかしそんなことはどうでもよいとばかりに、クリストフは立ち上がってシャルロッテの手を引いた。

「話は終わりましたね。戻りましょう」

聞きたいことはたくさんあったのだが、とりあえず「ありがとう」とグウェインへお礼を述べ、最後に「また相談に来るわ！」とドアが閉まる直前で伝えたシャルロッテは、クリストフと手を繋いで部屋を後にしたのだった。

シャルロッテの見えないところで、実はクリストフは素早くグウェインをにらみつけていた。

それに深々と頭を下げるグウェインは、薄く笑うばかり。

小話（秘密の会談）

部屋の前で待機していたリリーにシャルロッテを受け渡した後、クリストフは先ほどの部屋に戻ってきた。グウェインはそれを分かっていたかのように「お待ちしておりました」と、恭しくソファへ案内をする。

間を置かずに、クリストフは鋭く切り出す。

「グウェイン。お前は、どう考えて動いた」

シャルロッテが居る時にもした問いかけだった。

「公爵邸の中ならばどうとでもなりますので、お嬢様に貴族としての自覚を芽生えさせるようにいたしておりました。神の家のことは忘れていただきませんと」

先ほどとは異なりストレートに答えを言いながらにっこりと笑うグウェインの顔に、クリストフは冷たい目を向ける。

「社交に出す前に、か」

「外であれをやられると、厄介なことになりますゆえ」

グウェインの顔から笑みが消えた。

公爵家の邸内などは治外法権的なところがあって、公爵の意思で、ある程度どうとでもなる。しかし、他の貴族が関わるとそうはいかない。

「公爵家の『黒』も目立ちますけれども、お嬢様もたいそう注目されることでしょうから」

頷くに留めて同意を示すクリストフは「それで」と話を切り替える。

「どうするつもりだ」

「メイド長の更迭と合わせて、マリーをメイド長に引き上げます。お嬢様の信頼をきちんと得られている彼女がメイドを束ねることで、お嬢様の立場も盤石となりましょう」

そうか、とクリストフはもう一度頷く。

グウェインはザビーの件を、メイド長の責任が大きいとみていた。家令は使用人のトップに立つ存在で、人事に関わることもグウェインはシラーに進言できる立場にある。

「その他のメイド見習いはどうする」

「旦那様には早々に全員の処罰について確認をしております。『全員解雇だ。元居た場所に送り返しておけ。科す罰則はシャルロッテに任せる』とのことです」

「お父様にしては甘いな」

「お嬢様のご判断を先読みしてのことでしょう。しかし、旦那様が『伝えるのはしばし待て』と」

「お父様が？」

グウェインは、少し考えてから口を開いた。

「お嬢様が〝自分で言う〟こと〝自分で考える〟ことが必要なステップだったのではと愚考します。『心の底から納得しないと、どうせまた同じことをする』とおっしゃっておりました。高位貴族として生きていく上で、今のままでは使用人との距離感や平民への扱いは必ず問題になります」

「そうだろうか」

そこまでしなくても、と言いたげなクリストフの視線に、グウェインは言葉を重ねた。

「お嬢様は、私やマリーに敬語を使いました」

「ああ」

「公爵家の一員となれば、人の上に立つ存在です。それをご自身で理解なさらないと、後々ご苦労なさるのはお嬢様なのですよ。内心は違おうとも、せめても振る舞いを覚えていただかなくては……旦那様のご迷惑となっては困りますし」

シャルロッテの境遇を思えば、ある程度は仕方ないだろうとグウェインは分かっていた。育った環境が特殊すぎる。身分など関係のない修道院に居たら学ぶ機会もないだろう、ということも。

「そういうものか」

「旦那様は先を見通していらっしゃるのです。私は旦那様の慧眼には頭が下がる思いで……！」

グウェインのシラー崇拝は昔からだった。放っておくと昔話までひっぱりだしてきて語りだすので、クリストフはあからさまに嫌そうな顔をして遮った。

「もういい。お前は幸せそうだな、グウェイン」

嫌味などものともせず、胸に手を当てうっとりと答える。

「ええ。シラー様にお仕えすることが、昔からの夢でしたから。昼も夜も、いつも旦那様にお仕えできる幸せを改めて噛み締めております」

「家庭も大切にしないと、マリーが泣くぞ」

そっけないクリストフの返事にグウェインは手を下ろし「私の妻は、それを理解し、私よりも公爵家を第一に考える者でなくては務まりませんので」と、すまし顔だ。

「お前たちが夫婦というのは、未だに信じられない。全然話をしているところを見ないぞ」

「お嬢様がいらしてからは、報告することが多いので話しかけてきますよ」

「仕事じゃないか」

クリストフは顔をしかめるが、グウェインは気にした様子はない。実はシャルロッテに行われていた嫌がらせなどはマリーを通してグウェインにダイレクトに伝わっていた。

「というか、それならば対応が遅い。おねえさまを無駄に苦しめるな」

「結果としてお嬢様のためになるようにした、ということです」

「寝起きをザビーとやらに襲われたわけだろう。やりすぎだ」

「あれは鍵を無断で持ち出していましたので、立派な犯罪です。クビで済んだとお伝えしてますが、実際は牢屋に入れられておりますよ。故郷の土を踏めるのはいつになることやら」

やれやれと頭を振ったグウェインが「今後は使用人も引き締め、お嬢様の屋敷内での安全はお約束いたします」と、頭を下げる。

「頼んだ」

小さな主人からの信頼に、グウェインはニコニコと笑みを浮かべる。

クリストフは用は済んだとばかりに立ち上がり、ドアに向かって歩き出した。その背中を追いかけながら、グウェインは惜しむように声をかける。

「奥様と坊ちゃまのこと以外で、旦那様がこんなに気に掛けることは未だかつてございませんでしたねえ。この屋敷にも新しい風が吹いた、ということでございましょうか」

「僕にも大して興味ないと思うが。まあ、おねえさまのことは自分が連れて来て娘にしたのだから、ある程度気にかけてもらわないと困る」

「ええ。ええ、そうでございますね。『大切に扱われることを当然としなくてはならない。不当な扱いには、自分で声を上げなければならない』とおっしゃっていました」

「次からは僕が気付くから、問題にはさせない」

「おや」

「姉と弟とは『いつも一緒にいるもの』らしいからな」

こうして、二人の秘密の会談は終わった。

❦　❦　❦

「……ということで。報告は以上でございます、旦那様」

「ご苦労。メイド長の動機は判明したか？」

「ここ数年、女主人の居ない屋敷で調子に乗っていたようですね。『自分より上に修道院上がりの小娘がくることが気にくわない。私がお仕えするのは高貴な方だけ』だそうで」

「……伯爵家の出だったな。貴族裁判となるか……いや、我がレンゲフェルト公爵家を敵に回すと分かっていて、出戻りを許さない可能性が高いな。根回しは怠（おこた）るなよ」

「お任せください」と頭を下げたグウェインは、そのままさらに深く頭を沈めた。

「出過ぎた真似をして、申し訳ございませんでした」

「良い。一度雑に扱った人間は、そうしていいものだと思われる。この屋敷の中なら、私の一存でどうとでもなるが……ずっと屋敷に囲っておくわけにもいくまい。あの子の考え方を変えなくては」

「かしこまりました」

シラーはため息をついて、こめかみを揉（も）んだ。

「あの子が悪いわけではないが。ただ、あの考え方は厄介だ。ただでさえ脆（もろ）い足場をつかせる要因を作ってはならない」

　ぱらりと落ちてくる黒髪を手で払って「それを理解させるように上手くやれ。何も言わない人間は搾取(さくしゅ)しても良いと勘違いするクズが存在するからな」と付け足した。

「懐(なつ)かしゅうございますね」

　グウェインは目を細めて「そのように致します。それと……坊ちゃまの方は」と言葉を続ける。

「クリストフの好きにさせろ。アレを普通の子どもと思うな」

　サポートするよう指示をするシラーに「旦那様は、お坊ちゃまに甘くていらっしゃる」と嬉しそうにグウェインは笑った。

「お坊ちゃまはシャルロッテ様に大変強い興味を示しておいでです」

「今のところ、良い変化だと受け止めておこう」

　シラーは机上の写真立てを指でそっとなぞり、立ち上がる。

「さて。私はもう寝る。見回りはすぐ行くか？」

「はい。このまま戸締りの確認をしに参ります」

　じゃらりとした鍵束を持ってグウェインが示せば、軽く頷くシラー。屋敷の見回りとチェックは、家令頭であるグウェインの日々の日課だ。そのまま二人は部屋を出て、ゆっくりと廊下を歩く。そして、執務室に割合近い扉の前で、足が止まった。

　いつもグウェインが屋敷を回る頃、子どもであるクリストフやシャルロッテはぐっすりと眠っている。だから二人とも、何も知らない。

「……ぐっすり眠ってらっしゃいますね」

「……ああ」

報告を聞くだけでなく、シラーが毎日、クリストフの寝顔を確認していることを。

触れることはなく、ただ少し目を細めるだけ。シラーは数分そのまま眺めていたが、音もなく踵（きびす）を返した。グウェインもそれに続く。

「良い夢を」

小さくささやかれた祈りは、クリストフの寝顔を少しだけ穏やかにした。

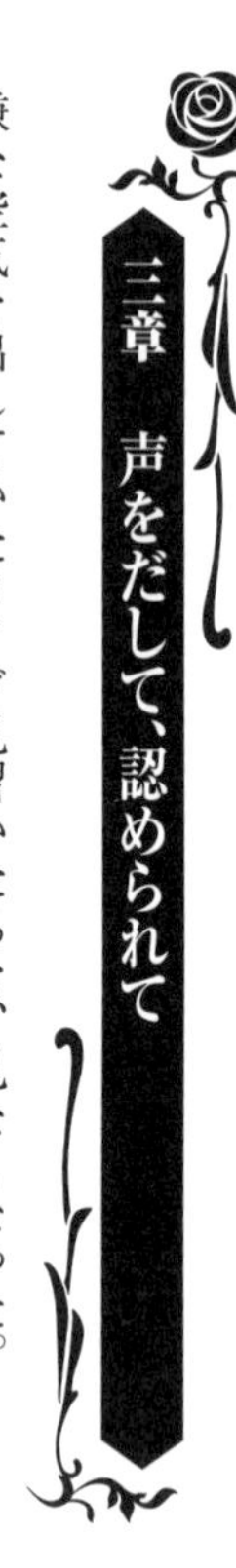

三章　声をだして、認められて

嫌な空気を出していたメイド見習いたちを、見なくなった。

シャルロッテが気が付いたのは、グウェインと話した翌日からだ。

やはり意外と人の悪意というものに敏感に反応していたようで、ストレスフリーの環境にシャルロッテはすっきりとした気持ちで日々を過ごしていた。

(屋敷のどこにいても、嫌な気持ちになることがない。集団を見ても、変に身構えなくていい。素晴らしいわ……これなら、屋敷の中ならば一人で行動しても大丈夫そう)

付け加えておくと、リリーとローズにも聴取があったらしい。もちろんシャルロッテに関することもだが、使用人たちの規範意識的なところも聞かれたそうだ。

簡単な聞き取りではあるが、どうやら広い範囲で調査が現在も行われている様子。

直接的に嫌がらせをしていなくても、それを周囲で見逃していた人間もいるわけである。いじめの構造と一緒だ。直接的にいじめをする人間、それに便乗して悪口を言う人間、それを見ていながら知らぬふりをする人間。

今回は標的が仕えるべき相手であるシャルロッテだったことから『見ていながら知らぬふりをした』人間たちについても指導が必要、ということらしい。

グウェインに話があって声をかけたところ、使用人側への聴取はあくまで参考で「お嬢様の証言こそが全てです。ご不快な気持ちにさせた使用人は全員いなくなりますのでご安心ください」と言われた。

（結局任せきりで、私は何もしてないのよね）

「今後二度とこのようなことは起こさせませんので」とにっこり笑ってくれたが、グウェインの笑顔が怖いのはトラウマだろうか。のっぺりとした能面のような顔で笑っていたのが忘れられない。

グウェインの前でお義父様の悪口を言うのは絶対に止めようと、シャルロッテは心に誓っている。

そしてこれは、屋敷の一部の使用人には衝撃的な事態だった。

シャルロッテに失礼な態度をとっていた者も、少なからずいたからだ。

たとえば、ザビーの態度を訴えメイド長を呼んでくれとシャルロッテが言ったにもかかわらず、スルーしてくれた例の年若いメイド。彼女は早々に自主的に退職したと報告された。そういえばそんな人もいたなと、あの日がだいぶ昔のことのようにシャルロッテは感じていた。

「万が一ですが、礼儀知らずの使用人から『罪を軽くするように言ってくれ』などのお願いがあればすぐに教えてくださいね」

グウェインには言われたが、そんな人間は現れなかった。

おそらく、ずっとクリストフと過ごしているからだろう。

（最近、クリストフとべったり一緒。なんだか世話を焼かれているような気もするし）

相変わらずの無表情で、笑ってくれたりはしないのだが。

シャルロッテのすることにアドバイスをくれることが多い。主に「僕なら今のはこうすると思います」といった形で、屋敷の過ごし方や使用人への接し方、果ては先生への質問の仕方まで細かく教えてくれる。

その様子を見ていたマナーの先生は感心していた。

「クリストフ様は素晴らしい先生の素質もおありですわ。細かいニュアンスなどを学ぶには、その場その場で教えてもらうことができるのが最高の環境です。シャルロッテ様、よかったですわね！」と大絶賛するほど。確かに、シャルロッテからしてもありがたいのだが。

（留学生がその土地の恋人をつくって、その国に早く馴染むとかそんな感じ？）

少々捻じ曲がった前世の知識を思い出しながら、シャルロッテも「これで貴族的な振る舞いがレベルアップしそうだな」と感じているのでありがたく指導を受けている。姉としての威厳は、今後取り戻していくつもりだ。

「それでおねえさまは、本当にやるんですか？」

クリストフが続ける言葉は分かっている『やらなくてもいいいんじゃないですか』だ。最近繰り返されるこの話題は、シャルロッテを心配してのことだろう。

クリストフは最近少し過保護なのだ。シャルロッテは姉らしいことをできていないので、なんだか立場が逆転しているような気さえするほど。

「雇われる身で主に牙をむくなどありえないことなのです。おねえさまは何もしなくていいと思います」

正論をぶつけてくるクリストフ。しかし、シャルロッテは曖昧に笑ってごまかすしかない。

ザビーに甘い顔をした自分が引き起こしたことの末路をきちんと受け止めなければ、という思いで、シャルロッテは全てを見届けるつもりでいた。

そこへ、影のようにクリストフに付き従うメイドの一人が「失礼ながら申し上げます」と口を開いた。

「家令がお呼びです」

「わざわざ、おねえさまが矢面に立つ必要などないと思うのですが……」

ぶつぶつと言うクリストフをなだめつつ、二人はメイドの案内に連れ立って歩きだした。

玄関ホールまでたどり着けば「何故ですか！」という女の金切り声が響いた。膝をついてグウェインに縋るように涙をこぼすのはメイド長だ。無反応のグウェインから視線を外したメイド長は、後ろに控えるマリーを睨み付けた。

「……ッ！　アンタのせいよッ！　アンタが余計なこと言ったんでしょ⁈」

すでに始まっている修羅場に、シャルロッテは小さくため息をついた。

女性にしては大柄なマリーは、がっしりと分厚い胸を張って仁王立ちしたまま動かない。

周囲にはメイド見習いだろう若いメイドたちや、多くの使用人がその様子を窺っている。

「私は何年もッ！　公爵様のため、グウェイン様のためを思って働いてきました……！　あんな修道院上がりの小娘が公爵家に入るなんて、お二人のためになりません！」

「旦那様の決断を愚弄するか、痴れ者め」

地を這うような低い声を出すグウェインに、ついにシャルロッテの足が止まった。

（これ……私が出る幕じゃなさそうな感じがするけど……）

そっと、ためらうシャルロッテの手に温もりが触れた。クリストフがくりくりとした大きな瞳でこちらを見上げて「行きましょう」と言ってくれた。

ここで行かねば姉としての威厳がなくなってしまう。シャルロッテは「行くわ」と、覚悟を決めた。

二人手をつなぎ、グウェインたちが気が付く距離までゆっくりと歩く。

「お坊ちゃま、お嬢様！　ご足労をおかけして申し訳ありません」

一転してにこやかな笑顔で明るい声を上げたグウェインにつられて、その場に居るすべての人間がシャルロッテたちを見た。ここだ、と思いクリストフの手を解けば、彼は『行ってこい！』とばかりに大きく頷いてシャルロッテの腕を軽く叩く。

「貴女、さっき私のこと……何か言ってたわね」

声を張り、意識して足運びを選びながらメイド長に近づくシャルロッテ。一歩、一歩と進む姿は堂々として美しい。床に座り込んだままのメイド長が睨み付けてくるのを、少し顎を上げて見返す。

「不愉快だわ」

淡々と、口元に手を当てたった一言。

貴族然としたその立ち振る舞いに、周囲で見ていたメイドたちも息を呑む。

張りつめた空気に満足そうなグウェインが「お嬢様に不愉快な思いをさせるものは公爵家に必要ありませんね」と言ったので、今までの行動で思い当たることがあったメイドたちはサッと顔色を青くした。「わ、私、お嬢様なんて知らなくて……！」「私もです！」「メイド長がただの孤児だって言ったんです！」と、口々に保身のためか、メイド長を責め立て始めたメイド見習いたち。

振り返ってそれに向かって「うるさい！　勝手にやったんでしょ！」と怒鳴りつけるその顔は、醜く歪み、口の端に泡を吹いていた。

言い合いを始めたメイド長と下級メイドたちの横で、気の弱そうな年若いメイドがフラリと座り込んだ。真っ青な顔で冷や汗をかいているが、周囲はそれどころではなく、誰も気に留めない。

（貧血かしら、可哀想に）

その場はなんだか盛り上がっている様子だったので、自分が少し外れても良いだろうとシャルロッテはそのメイドの傍へと近づいて「大丈夫？」と声をかけた。

「ひっ……！　だ、大丈夫です！　申し訳ありません、お許しください！」

過剰に怯えられてしまったが笑顔を心がけて「無理は良くないわ。私、自分にイジワルをした人はちゃんと分かってるの、あなたは違うわ」と、安心させるように言葉をかける。そして横に居たメイドに、どこか休めるところに連れて行くようお願いをした。

うるさく言い合いをするメイド長たちを見ていた周囲のメイドも、シャルロッテが近づいたことで注目をしており、その対応に「お優しい……」「話と全然違うじゃない」と囁き声が上がった。

（どんなウワサをされていたんだか、聞きたいような、聞きたくないような）

下級メイドたちはメイド長やザビーから伝え聞くシャルロッテの情報しかなかったので『修道院から貰われてきたオモチャ』『性格は最悪』といったような話を鵜呑みにしていたのだ。それがどうだろうか、堂々たる立ち振る舞いに、家令であるグウェインも全面的に従う姿勢を見せている。おまけに、クリストフやシラーと違ってどうやら優しそうなのである。

その場に居た良識あるメイドたちは『お嬢様に誠意をもってお仕えしよう』と心に決めた。

そんな混乱する場を収めたのは、意外にもクリストフだった。

「うるさい」

彼が言葉を吐き捨てたその瞬間、グウェインとマリーがまるで示し合わせたかのようにパンパンと手を鳴らし、その場にいるすべての人間の注意を引き付けた。それを当然のものとして受け止めたクリストフは、紅い瞳でシャルロッテに促す。

「おねえさま、処分を言い渡してください」

用意された舞台に上がるように、シャルロッテは歩き出した。

「私に対する不敬な態度をとったものは〝修道院でひと月の勤労奉仕〟を命じます。その上で、故郷にお帰りなさい」

そしてゆっくりと美しい裾さばきで、メイド長の前でぴたりと止まる。

「メイド長、あなたは生家が受け入れを拒否したそうです。故郷に帰ることはまかりなりません、そのまま神の家の住人となるが良いでしょう」

「……は？」

呆然としたメイド長の、かさついた頬に涙が流れた。

「そう悪いところではありませんよ、安心して行きなさい」

放心するメイド長とシャルロッテの間に、マリーがかばうように入ってくる。

「お嬢様、危険ですので……」

「ありがとう」

大人しく守られるようにしながらクリストフの横へと戻れば、グウェインが周囲を見回して、一つ咳払いをしてから「それでは！」とやけに芝居がかった口調で声を張った。

「今この時をもって、メイド長はマリーを任命する。公爵家のため、誠心誠意仕えるように」

シャルロッテとクリストフに深く頭を下げたマリーは、顔を上げるとグウェインと頷き合う。そして二人を誘導してその場から離れた。促されるがまま玄関ホールを後にするシャルロッテは、背中でグウェインの厳めしい声を聞いていた。

「そして、解雇処分となる者の名を読み上げる……！」


その夜、グウェインから報告を受けたシラーは「〝修道院でひと月の勤労奉仕〟か、まあ上出来だろう」と、言葉少なにシャルロッテを褒めた。

「その後、シャルロッテに変わった様子は？」

「マリーの報告によれば、お元気そうとのことでした。クリストフ様が心配されて、その後のレッスンなどはお休みされたようです」

二人は顔を見合わせて「過保護だな」「自分のことは棚に上げてよく言いますねぇ」「私は心配な

どしていない」と、ポンポンと言葉を交わす。

「下級メイドたちも、お嬢様の立場をよく理解したようです」

「念のため、今後二度と起きぬように指導も徹底しておけ」

「クリストフ様もご立派でしたよ、お嬢様をきちんと見守ってらして。いつの間にあんなに大きくなられたのか……」

演技じみた仕草で片眼鏡をずらして目元をぬぐうグウェインを、シラーがふんと鼻で笑った。そのしぐさが親子そっくりであることは、まだシャルロッテには知る由もない。

❦ ❦ ❦

後日、キラキラとしたメイドの視線にシャルロッテが気付いたのは偶然だった。

ランドリーメイドとおぼしき、洗濯物を抱えた少女たちが廊下の隅で頭を下げていた。一人の少女が細かく震えていることに気が付いて顔を見れば、頬を紅潮させてチラチラとシャルロッテを見上げている。取りようによっては不敬だが、尊敬のまなざしともとれる目線だった。

(突然どうしたのかしら。マリーの指導が効いてる……？)

シャルロッテが通り過ぎてチラッと後ろを見ると、まだ頭を下げ続ける少女たち。

「おねえさま、先に行かないでください」

「あらごめんなさい」

追いかけてくるクリストフがやってくると、深く頭を下げたので少女の顔は見えなくなる。疑問を覚えつつシャルロッテは次の授業へと向かった。

その日の夕刻、シャルロッテは空き時間に、リリーを連れて執務室の前まで来ていた。

「ちょっとグウェイン、いいかしら」と、お目当ての人に声をかける。

「もちろんでございます……お坊ちゃまは、剣術の時間でございますね」

少し腰をかがめて、話しかけてくれるグウェイン。

「そんなに時間は取らせないわ、ちょっと相談したいことがあって」

話をしやすいマリーに言おうかと迷ったのだが、グウェインに許可を取る方がより確実だと思ったシャルロッテ。あわよくばさらに上のシラーに許可が取れたら嬉しいなと、執務室までやって来たのだ。

「わたくしめにですか？　今でしたら、旦那様も多少でしたらお時間を取れますよ」

これは、シャルロッテにとって朗報だった。

「お義父様がよければ、すこしお時間いただきたいわ」

「お伝えして参ります」

グウェインがドアの向こうへ消えてそわそわとした心持ちでいると、すぐに声がかかった。

「お入りください」

「失礼します、突然お時間取っていただいて、ありがとうございます」

執務室の重厚な机の奥に座す主は、濡れたような深い黒髪を撫でつけながらシャルロッテを見下した。

「かまわん。そのまま用件を聞こう」

相変わらずの圧を感じつつ、シャルロッテは机に近づいて言う。

「おかげさまで、屋敷内で危険を感じることもなくなりました。なので、メイドを付けずに一人でも歩きたいのですが……もちろん、敷地内から出たりはしませんし、変なこともいたしません」

修道院では無論ひとりで過ごす時間もあったシャルロッテだが、ここ最近ではべったりとメイドかクリストフに張り付かれ、ひとりの時間というものを失っていた。さすがに少し疲れてしまったシャルロッテは、せめても一人で散歩くらいできないものかと交渉に来たのである。

「敷地内ならかまわん。グウェイン、クリストフの行動範囲は」

尋ねるようにシラーから名前を呼ばれた家令が「お庭までででございます」と答えた。

「ではそうしよう。馬屋など離れた場所に行く場合は、使用人を連れて行くように」

「ありがとうございます！」

「用件はそれだけか？」と、仕事の続きにとりかかるためにペンを持ち上げたシラーに、シャルロッテは深く頭を下げた。

「そして、先日の件で謝罪とお礼を」

突然の謝罪を、訳が分からない、といった様子で不機嫌そうに目を細めるシラー。

「私の甘い考えでご迷惑をおかけしたこと、謝罪いたします。そして、見守ってくださったことに感謝を」

頭を下げ続けるシャルロッテに「よい」とシラーが声をかけた。

「泣いたと聞いた。すまなかった」

（公爵様が、あ、あやまっている……？）

「とと、と、とんでも！　とんでもないです！」

驚愕と恥じらいのあまりに、言葉を詰まらせるシャルロッテ。

グヴェインとシラー、シャルロッテ。今は三人しかいないし、執務室という秘密が漏れない場所でもある。そんな場所ではあるが、しかし。

公爵家当主であり、あのシラーが謝罪を口にしたことに、シャルロッテは狼狽を隠さず「私が悪いのです！」と身を縮み上がらせて恐縮した。公爵家の当主が謝罪するなど、滅多にあることではない。貴族生活がほぼないシャルロッテですら分かる。

「クリストフは何を言われても泣かない子でな。私と考え方も似ているから、子どもの基準をあの子で考えていた部分がある」

混乱する頭でシャルロッテは思った。

(この人、クリストフに何を言ったのかしら。ああ、いや、今はそうじゃなくて。かなりズレているけどこれって気を遣ってくれているのよ、ね？)

シラーが、根が悪い人ではないと感じたシャルロッテ。クリストフとの親子関係の改善のためにも、この人には気に入られなければならないと前を見据えた。

シラーの紫の瞳を見つめて、誠意が伝わるようにはっきりと伝える。

「今後も育てていただけるのであれば、厳しくしつけてくださいませ。義姉として、クリスの足をひっぱる存在にはなりたくないのです」

満足げにシラーは頷いた。

「そう言ってもらえると、こちらとしてもやりやすい。ああ、あと」

言葉を途切れさせ、シラーは不自然に間を置いた。

「クリストフとは、上手くやれているようで何よりだ」

「ありがとうございます！」と、お礼を言いながらもう一度カーテシーをして「お忙しいのにすみませんでした。ではこれで失礼します」と、シャルロッテは退出の構えをとった。

少し表情を和らげたシラーは軽く首を縦に振った。

「かまわん。君はもう公爵家の一員だ」

ドアから出ていくシャルロッテを見送ったグウェインは「坊ちゃまの行動に、お嬢様は何ら疑問は抱いておりません」と言った。

シラーは軽く頷いて同意を示す。

「シャルロッテが来て、クリストフは人間らしくなってきたな」

「お嬢様は本当に、お坊ちゃまに対するメイドの態度に気が付いてらっしゃらなかったのでしょうか。以前から年若いメイドなどは怯えておりましたが」

「シャルロッテの前では猫でも被っているのだろう」

「でっかいやつでございますね。そんなところも旦那様によく似てらっしゃる」

少しばかり空気の柔らかくなった執務室で、シラーは机上の写真立てのフレームにそっと指で触れ「さあ、仕事だ」とつぶやいた。

四章　自由とか、買い物とか

シャルロッテの部屋付きのメイドはリリーとローズという。

彼女たちは同時期に奉公に上がったらしく、仲がいい。

「それでリリーったら、一人でカッフェのこんな大きなケーキを食べたらしいのに、その後屋敷に戻ってきてフライドポテトまで一皿まるまる食べてしまったんですわ」

少女らしくふっくらとした体に、薔薇のような赤毛を片側に編んで垂らしているのがローズ。目が大きくてゴージャスな顔の彼女は、いつも顔に負けない素敵な髪飾りを付けている。実家が洋裁店らしくセンスが良くてオシャレが大好きだ。

「ちょっとローズ！　お嬢様の前で恥ずかしいこと言わないでちょうだい！　いつもそんなに食べているわけじゃないですからね」

背が高くて、明るい金色のボブヘアーがリリー。お兄様は城勤めの騎士様だという彼女の手足は長くしなやかで、顔がとても小さい。シャルロッテは髪の毛を整えてもらう時に、リリーの細く長い指や、美しい手をついつい見てしまう。スタイルがいいのによく食べるらしい。

「ふふふ」

「でもお嬢様、ローズだって髪飾りを四つも衝動買いして、一つは使わないからって私にくれたんですよ。結局ローズはそーゆーところがあります」

「ちょっとリリー、おやめなさい！」

（それはお土産ではないのかしら？）

そしてこの二人は、いつも食べ物かファッションの話をしている。

話を聞いていると休日に遊びに行くという街の話が出てきて、興味深くあれこれと質問してしまう。

「カッフェというのは、どんなところなの？」

「基本は飲み物がメインなのですが、ケーキや軽食を提供しているところもあります」

リリーが軽食はサンドイッチが多いですよ、と付け足して「手で持って食べるんです」とシャルロッテに囁く。お嬢様が知らないと思って教えてくれたのだろう。

「まあ！」

シャルロッテは驚いた顔を作っておいた。するとローズも悔しかったのか、すぐに情報を追加する。

「男性客はタバコが吸える喫茶室に行くので、カッフェは女性客がほとんどなのですわ。ですから、お店も可愛くて素敵なのです」

「行くとずぅっとおしゃべりして、ついつい長居しちゃうんですよね」

うんうんと頷き合うメイドを見て、前世の女の子と変わらないのね、とシャルロッテは微笑ましくなった。

「そういえば、髪飾りはどこで買ったの？」

「服飾店と雑貨屋ですわ」

「たまにカッフェに置いているところもありますね」

「いいなぁ」

ぽろっとこぼされた言葉に、二人は顔を見合わせた。

その日、街で行ってみたいところや、してみたいこと、とくに欲しいものなどを、シャルロッテはリリーとローズに問われるままぼんやりと語った。なにしろ田舎育ち修道院経由の現在なので『この世界の街』というものに縁がなかった。市場も見たことがなければ、カッフェなんてオシャレな店があることすら知らなかった。服を選んで買った記憶はない。ウインドウショッピング？　なにそれ？　といった状態である。

ここに来る直前にシラーが何軒か店に寄って生活用品を買いまわってくれたが、その時も個室に通されて物が出てくるスタイルだった。しかも緊張していて、ほぼ自分で選んでいない。お店の人に言われるがままに購入した。

詳しくは言えなかったがそれらをぼかし伝えると、聞く途中から二人はなぜか涙ぐみはじめ、やがてなにかを決意した表情になった。

「私たち、お嬢様のお望みはできる限り叶えたいと思っております」

「ええ。殿方には分かりづらいかもしれませんけれど、子女の楽しみを奪うことは誰にもできませんわ」

メイド二人はグッと手を握り合い、顔を合わせて頷いた。

「お嬢様だって、カッフェでケーキを食べる権利があります」

「お嬢様だって、オシャレを楽しむ権利がありますわ」

「え、いや、そんな。みんなに迷惑かけられないし。いいのよ、いいの」

もちろんケーキは食べたいし、街には大いに興味がある。だが先日のこともあり、シャルロッテはこれ以上波風立てるような行動をしたくなかった。はじめから期待しないのが一番だ。色々と望まなければいい。

うつむくシャルロッテのつむじに、メイド二人は胸を痛めた。そして、二人顔を見合わせて頷き合った。お嬢様のために、なんとかして差し上げたい、と。


二人から話を聞いたクリストフが、領地の視察とする名目での外出許可をグウェインに求めたのは、なんとこの日の晩だったという。グウェインが「護衛の関係もありますし、すぐには厳しいですね」と渋い顔をすると、なんとお義父様に手紙を書いて交渉したらしく。

「お坊ちゃまが、旦那様に手紙を書くなんて……！　これも、お嬢様のおかげです……！」

感極まったクリストフ付きのメイドが部屋に来て半泣きでお礼を言うので、事態が発覚。してもらっているのはシャルロッテなのに、良いことをしたような気分になった。

授業の関係もあってすぐに実現とはもちろんいかなかったが、それでもできるだけ早く、短い時間ではあるが街を散策できるように日程が調整された。

さすがに「カッフェやウインドウショッピングはまたの機会ですからね。見るだけ、視察ですよ」と、釘は刺されたのだが。それでもシャルロッテは楽しみでたまらず、リリーとローズにお礼をたくさん言った。もちろん、クリストフにも。

「ほんっとうにありがとう！」

「別に、おねえさまだけの外出じゃありませんよ。僕も街を視察したいと思っていたところだったので、グウェインに言ってみただけです」

ちょっとムッとしながら言い返されたので、お義父様に手紙まで書いたことを知っているのは、黙っていてあげることにした。クリストフもお年頃だなと、シャルロッテはニマニマしながら「そう？　それでもとっても楽しみだわ。ありがとうクリストフ」と、久しぶりに年上の余裕を取り戻すことができたのだった。

そんなシャルロッテの様子をちょっと呆れた目で見ながら、クリストフが思い出したように言う。

「シャルおねえさま、次の算術の時間は衣裳部屋に行ってください」

「どうして？　いつもの場所は使えないの？」

「いいえ。今日の残りの授業は、僕だけ出ます」

「私は？」

「おねえさまは、淑女教育です。ドレスをオーダーしてきてください」

目をぱちくりさせてシャルロッテが困惑していると、クリストフが手を挙げた。クリストフ付きのメイドが「お送りいたします」と前に出てくる。案内をしてくれるらしい。

「僕も付いて行きたいのですが、採寸もあるのでダメだと止められました。おねえさまのお好きなドレスを作ってくださいね。あと、普段使いできるものを十着程度はオーダーしてください」

「ちょ、ちょっと待って。そんなにいらないわ！」

既成品とはいえ高級なワンピースを、着るに困らない程度には買ってもらっている。シャルロッテにはオーダー品がいくらかは分からないが、おそらく今持っているものより高価だろう。わざわざ贅沢をしなくていいと拒否をする。

クリストフはやれやれ、といったように頭を振った。

「公爵家に呼びつけておいて、少額しか注文しないのも良くありません。家の格を保つためと思ってください。あと、フォーマルなものは最低二着で」

「フォーマルなんて、使う時がないじゃない！」

「オーダー品はすぐには完成しませんから、先に作っておくんですよ。今僕の着ているものも、今日来ている店のオーダーメイドです。着心地の良い服ですから、おねえさまにも着てほしくて呼びました」

だめでしたか？　と小首をかしげるクリストフの、黒髪がサラリと揺れる。可愛い弟の好意を無下にするようなことを、これ以上シャルロッテは言えなかった。

「……ありがとう」

「いいえ。おねえさまがここに来てくださって、しばらく経ちました。遅いくらいです」

状況は呑み込めたが、贅沢だと感じて素直にお礼が言えないシャルロッテは拗ねたように返事をした。

「服はちゃんとあったもの」

それに肩をすくめてみせたクリストフ。

「そうではなくて……女性が買い物を楽しむ生き物だと僕は知りませんでした。今日はもう授業はいいですから、ゆっくり楽しんできてください」

シャルロッテは喜びと驚きで、息を呑んだ。

ウインドウショッピングは実現しなかったが、クリストフはそれを気にかけていてくれたらしい。

弟の気遣いに心を打たれて、心臓がぎゅうっと締まった気がする。望んではいけないと思っていたけれど、本当はシャルロッテも買い物をしたかったのだ。今度は気持ちが昂るまま素直に、シャルロッテの口からお礼の言葉が滑り出る。

「クリストフ、ありがとう！」

心からの笑顔で言えば、少し顔を赤くしたクリストフは「早く行ってください」とシャルロッテを部屋から追い出した。

追い出されたシャルロッテは、なんてできた弟なのだろうとしきりに感心していた。

会うまではクリストフのことを『サイコパス野郎（予定）』としか認識していなかった。でも今ひと月ほど一緒に過ごしてみれば、感情の起伏はあまりないし、表現もうまくないが、優しい子であるとシャルロッテは感じていた。

（このままいけば、ゲームみたいな人にはならないのでは？　だって、こんなに人のことを考えられるのだもの）

シャルロッテはクリストフの気遣いに心底感心しながら、衣裳部屋へと移動する。するとその前には、マリーが仁王立ちで待ち構えていた。

「マリー！　どうしたの」

シャルロッテに一礼してから、案内をしていたメイドへ「ご苦労でした。戻っていいわ」と声をかけたマリーは「お久しぶりでございます」と笑顔で挨拶をしてくれる。

「旦那様からのご指示で、お嬢様のお買い物のサポートをさせていただきます。一応実家が伯爵家でして、ドレスのオーダーも経験がございます。ご一緒させていただいてもよろしいですか」

そういえばマリーは貴族であった。そして、とても心強い。正直オーダードレスと言われても、シャルロッテは何をすればいいのかさっぱりわからなかった。言われるがままになってしまって、せっかくの、おそらくお高いであろう買い物で自分好みのものが購入できなかったら困る。

「ありがとう！　とっても心強いわ。でも忙しいのにごめんなさい」

しゅんと眉を下げたシャルロッテの目線まで、マリーはしゃがんで膝をついた。

「お嬢様」

そっと手をにぎって、シャルロッテの色素の薄いけぶるような睫毛で隠れる、紫色の瞳を見つめるマリー。

「私たちは皆お嬢様のためにおります。そのために働けることが喜びなのですよ。ご理解くださいませ」

シャルロッテの瞳がぱちりと開いて、マリーの視線と絡（から）まった。

「あ、ごめっ……、いえ、ありがとう！」

「はい」

マリーの顔に笑顔が戻り、シャルロッテもホッと息をついて笑った。

中に入ると外商担当とデザイナー、その後ろには大量の布見本を持ったお針子たちが待機していた。シャルロッテの部屋付きメイドのリリーとローズも立っている。

衣裳部屋といっても広い。ラグジュアリーなミニサロンも付いており、中でゆっくりと話すこともできる。サロンスペースのシックなソファから素早く立ち上がった担当者とデザイナーがこちらに深々と礼をした。「ごきげんよう」と挨拶をして対面に腰かける。

「私はレンゲフェルト公爵の娘、シャルロッテです。今日は素敵なドレスをご提案いただけると聞いていますわ。さ、おかけになって。マリーも横にきてちょうだい」

シャルロッテの指示で、担当者とデザイナーもソファに腰かけた。まずは最高位の人間が挨拶をしないと、下位の者は話しかけてはいけないらしい。マナーレッスンを実地で活かす初めての機会に、シャルロッテは内心ドキドキしながら声を出していた。マリーの顔をチラッと見ると満足げな顔をしているので、及第点らしい。

その時外商担当のマダムは、シャルロッテの外見に目を見開いていた。今まで見たどんな貴族の子女よりも美しかったのだ。『逸材！　美幼女！　圧倒的身分……！　この子は、流行を作る側の人間だわ！　金のなる木よッ！』と、マダムの頭の中では天使がラッパを吹きながら旋回している。

そんなことをおくびにも出さず、マダムは優雅にほほ笑みながら挨拶をした。

「お会いできて光栄です、レディーシャルロッテ」

今日来てくれているお店の名前はハニー・ビィ。マダムビィの紹介曰く、横のデザイナーは王妃様の洋服もデザインの経験があり、常に流行の最先端を作り出す凄腕らしい。

「ワタシのデザイナーにお任せ頂ければ、レディは社交界の頂点に君臨する！　美しい華となります！　間違いありません！」

紹介を受けたシャルロッテは売り込みの勢いに気圧されて、控えめに笑うことしかできなかった。

ごまかすように早速ドレスのオーダーに入るシャルロッテだったが……。

「少し大きめのサイズが良い、ですか？」

わざわざオーダーするのにぴったりの品でないものを注文するシャルロッテをいぶかしんで、横に座るマリーが首をかしげた。

子どもの服なんてどうせすぐにサイズアウトするのに、大量の服をオーダーして無駄にする勇気はシャルロッテにはなかった。そこで思い出したのが、前世の学生服である。

大きめを買って三年間着続けたあの服。一着の値段はそこそこしたが、あれだけ着ればコストパフォーマンスは抜群だ。学生服のように少し大きなものを注文しておけば、長く着られると思っての発言だった。

（さすがに「もったいないから。大きめなら長く着られるでしょ？」とは言えない）

うーんと悩んで、無邪気に押し通せばいけるかな、と考えるシャルロッテ。

「だ、だって、すぐに大きくなるもの！　服が届く頃には、もっと背が伸びてるはずよ！」

頭に手を当てて、ぐいっと上へと伸ばす仕草を繰り返してみせる。一生懸命上に伸びながら「もっと！」と言う美少女の主張は、周囲の女性陣の心をわし掴みにした。

「まあ！」

「なんと！」

すぐに、後ろに立っていたリリーとローズから声が上がる。

「そうですね！　お嬢様は毎日、ちゃんと早く眠っておりますもの！」

「そうですわ！　好き嫌いもせず、なんでも食べますもの。ええ、すぐ大きくなります！」

きゃっきゃとした二人の雰囲気に、サロンの雰囲気が一気に和やかになる。

ここが攻め時と察知したマダムは、揉み手をしながらヨイショした。

「まあまあまあ！　なんてお可愛らしくて、聡明なお嬢様なんでしょう！」

言いながら、デザイナーにサッと目くばせをする。

デザイナーは心得たとばかりに口を開いた。

「それでしたら、サイズの調整ができるようにリボンで裾の長さが変わるドレスはいかがでしょう。袖丈は七分にしておきますので、背が伸びても、手足が伸びても大丈夫です」

デザイナーの提案に「それがいいわ」とシャルロッテが同意を示せば、サラサラとラフ画を描いてくれる。

胸の下でリボンを結ぶようなタイプのもので、袖も裾も七分丈よりすこし長いくらいだ。

「素敵ね」とシャルロッテが言えば、横のマリーが「リボンをもっと大きくしたタイプと、細く流れるタイプも素敵ですわ」と提案し、それもサラサラと紙におこされる。

きゃっきゃと後ろの二人からも細かなレースやリボンの指定が入り、布地の選定までしていく。

途中からシャルロッテは「もうどうにでもして……」といった状態であったが、女性陣の熱は加速するばかり。大変な盛り上がりを見せていた。

その先陣を切ってウキウキと指示をするのは、まさかのマリー。いつも冷静沈着なメイド長かと思っていたが、ドレスが好きらしい。

「お嬢様は色が白くていらっしゃるから、濃い色が映えます。濃い緑はないのかしら、ちょっと！もっと上品な布地でなければダメよ！」

「メイド長！　これなんてどうでしょう」

「少し通気性に欠けるわ、冬にまた使うからチェックしておいてちょうだい」

「メイド長！　こちらがいいと思いますわ」

「それ産地はどこかしら？　ビルクット？　あそこの絹なら間違いないわね！」

そうして厳選されたいくつかの布は、シャルロッテの顔色に合わせられたり、手触りの好みを確認されたりしながら採用が決まってゆく。

（貴族ってすごい。既成の服を買うほうがよっぽど楽なのに、これがまた権威を示すことになるのね……。でも、もう私疲れてきちゃった……）

シャルロッテがぼーっとしている間に、普段使いのワンピースは決まったらしい。

話の流れから普段使いのものが先にきてしまったが、少々フォーマルなドレスも選ばなければならない。提案されたのは二着のデイドレスで、袖の膨らんだパフスリーブタイプと、首まで覆うモンタントタイプの高い立襟のものだった。

（襟が高いドレスローブは修道院でも見ていたから、なじみ深いわ。でも子どもが着ているのは見たことないわね。年相応に可愛いのはパフスリーブかしら。ちょっと恥ずかしいけど）

うんうんと悩むシャルロッテを見て、マダムが「お嬢様が着ればどんな服でも流行しますわ」と、言葉巧みにおだてながら気になる点を聞きだしてくる。

「私が襟高のドレスって、背伸びしすぎていない？」

「いいえ、それがまた……素敵じゃありませんか！　清楚な雰囲気でお似合いになります」

デザイナーも同意を示す。

「襟が高くとも、スカートの丈をふくらはぎくらいにすれば子どもらしさも出ますから」

そう言って描かれたデザインのラフが気に入ったシャルロッテが「いいわね！」と笑顔を見せる

と、メイド三人が顔を見合わせてマダムへ対抗心を燃やす。

「他のデザインはございませんの？」

「お嬢様に似合う至高の一着を、私たちで選びたいですわ！」

提案された他に大量にラフ画を描かせた三人は、ゴシックなデザインのものを採用した。

（ゴスロリっぽくてコスプレ感が……）

手首あたりがファサファサと広がったものが採用されており、思わず「ちょっと機能性に欠けないかしら」とマリーにささやいたが「お嬢様がこれを着ている間にすることは、ティーカップを持つことと、微笑むことだけでございます。大丈夫ですわ」と良い笑顔を見せられて、シャルロッテは抵抗を止めた。マリーが楽しそうで何よりだ。

「今後とも御贔屓にしていただけるよう、命をかけて作らせていただきます！」

ハイテンションのマダムは鼻息荒く帰って行った。

ぐったりと疲れたシャルロッテが解放されたのは、いつもであれば夕飯が終わる頃。クリストフと顔を合わせると「おねえさま大丈夫ですか？」と心配されるほどだった。

（女性の買い物は、いつの世も長い）

自分の買い物だったのに、まるで人の買い物に丸一日付き合っていたような感覚だった。ベッドに沈みながら、今日のことを思いだすシャルロッテ。

リリーとローズ、それからマリー。あんなに興奮した三人を見るのは初めてだったが、貴族の子女の楽しみ方を学ぶことができた。

（それになんだか、本当の意味でみんなと仲良くなれた気がするわ）

もちろん主従関係にあるので友達とはいかないが、今日のオーダーを通してグッと距離が縮まったのは間違いないだろう。

シャルロッテはその夜、満たされた気分で眠りについた。

ドレスのオーダーから数日後、シャルロッテはクリストフと大勢の護衛に付き添われて公爵邸を出た。

なんと、短時間ではあるが街を散策できるのだ。

テンションの上がったシャルロッテは、朝からローズに髪をとびきり可愛くしてもらって、ワンピースも襟のついたかっちりしたものをチョイスし、午前の授業はソワソワしながら受けていた。

昼食後、お出かけ用のローヒールパンプスに足を通して、ハンカチがポケットにあるか確認。

「お嬢様、お外を歩かれる時は帽子を被ってくださいね」

つば広の、リボンのついた可愛らしい帽子をリリーに手渡される。

「荷物にならないかしら」

「馬車ですから、大丈夫ですよ。お嬢様は肌が白いので、焼けたら痛いかもしれません。ちゃんと日が差すところでは被ってください。約束ですよ」

繰り返して諭（さと）されてしまい「はぁい」と返事をしてその場で被った。

ウキウキと軽い足取りで玄関へと向かうと。

ズラリと並ぶ護衛、護衛、護衛。

「こんなに人数必要……？」

「公爵家の人間が二人も揃って出歩くんですから、必要です」

後からやってきたクリストフが「おねえさま。さ、こちらの馬車に乗ってくださいと手をひっぱって案内してくれる。


付き添いは多いが、乗り込んだ馬車の中は三人だけだった。シャルロッテ、クリストフ、それから護衛が一人。

護衛は緑がかった長い黒髪を一つにくくり、ひょろりと背の高い男だ。開いてるんだか閉じてるんだか分からないほど目が細く、ニコニコとしている。

「本日お二人の護衛を務めるハイディです。ハイジって呼んでくださいね～」

クリストフが自分の黒髪とハイジの髪を交互に指さしてこう言った。

「ハイジはレンゲフェルトの縁者でもあります。何かと顔を合わせることも多いので、覚えてやってください」

たしかに、色味は異なるが同じく黒髪である。クリストフの紹介に「ということは貴族なのね」と確認すれば「ええ」と同意を示される。

それに口を挟んだのは、当人であるハイジだ。

「でも俺の母親は東の国出身なので、ハーフなんですよ～」

のんびりとした口調のハイジに言われて顔をまじまじと見てしまう。たしかに顔が前世で言うところのアジア系の気配を帯びている。鼻は高いが彫りが浅く、今まで見た中で一番日本人に近いかもしれない。

思わず、口から質問が飛び出るシャルロッテ。

「そうなのですね！　東の国ってどんなところなのかしら」

「おや、お嬢様興味がおありですか。意外と生活水準高くていいところですよ。豊かな伝統と文化を持つんですけど、まだまだ知られてない部分も多くてですね～」

のんびりと語るハイジに、クリストフが被せる。

「僕の母方の実家が、東の国との貿易をとりまとめています。家にも伝来品がありますので、今度一緒に見てみますか」

シャルロッテは隣に座るクリストフの手をぎゅっと握って迫る。

「わあ！　ありがとう、絶対よ！」

日本は存在しないだろうが、近しい文化の可能性が高いと睨んだシャルロッテは食いついた。前のめりな反応に目をしばたたかせクリストフはわずかに頬を赤く染める。

そんなクリストフを見て細い目をわずかに開けるハイジ。実はハイジ的には目を大きく見開いているつもりだが、限界まで開いてもそんなでもないのでシャルロッテは気が付かなかった。にんまりと笑みを深めたハイジは、シャルロッテに向き直った。

「お嬢様は剣術の授業もないので、お会いするのは初めてですね～」

「あら、もしかしてハイジはクリスの師匠なの？」

「剣術はハイジが教えてくれています。こんなですけど強いんですよ、この男」と、クリストフはハイジを親指で指し示した。

「照れるなぁ」

ハハハと後ろ手で頭をかくハイジは、確かに背は高かったが決して強そうには見えない。そんな私の気持ちが見えたのだろう、クリストフが教えてくれる。

「この男がハーフでなかったら、最年少で近衛騎士団に入れたはずです」

近衛騎士団といえば『武を極める国の最高峰』といったイメージだ。そこに最年少で入れるほどの実力。つまりハイジはもの凄く強い、ということだろう。

「この国まだまだ外国人少ないんですよね～。貴族の学校には通わせてもらいましたし、爵位も同じくハーフの弟でも継げるみたいなんですけど。近衛とかは無理そうだったんですよ」

「そんな……」

困ったように笑うハイジに、言葉を失うシャルロッテ。考えてみれば確かに、身の回りで外国出身だという人を見たことがない。

「路頭に迷ってたら公爵様に拾っていただけて。その時から心臓を捧げてお仕えするって決めてます～」

のんびりした口調だが、ドンッと自分の胸を叩く力は強い。ハイジの境遇や努力に思いを馳せて目を潤ませるシャルロッテを見て、クリストフがハイジをじろりと睨む。

「路頭になんて迷うわけないだろ。おねえさま、ハイジの母君は東の国の王族の血を引いてます」

「！」

ハイジの顔をジロジロと見ながら「ご、ご無礼を……」と言えば「ああいや、俺自身はなんでもないんで」と手をパタパタ振られる。

「ハイジは武の道で生きたくてここにいるのであって、爵位だって自分で放棄してるんです」

クリストフの言葉に「俺には向かないですよぉ」と首を振るハイジ。

「国の根幹に関わる警護に、外国の王族の血を引く人間が入れないのは仕方がありませんし。それに公爵家くらいでのんびりやってる方が、性に合ってるんでぇ」

ニコニコとした笑顔だが『公爵家くらい』とは、すごいことを言うものである。それに対して、クリストフもまったく気にした様子はない。このハイジという男はとんでもなくクセ者ではなかろうか。

なんだかシャルロッテはちょっと警戒心を抱いてしまった。

それに目ざとく気が付いたハイジは「そんな目で見ないでくださいよ〜。公爵様に忠誠を誓ってるのはホントですよぉ、お嬢様たちのことも全力で守ります！」と人好きのする笑みを浮かべているので、やっぱり悪い人ではなさそうだとすぐにコロリと騙されるシャルロッテだった。

「……おねえさま。騙されないでくださいね」

全てを察したのだろう。クリストフの圧にコクコクと頷きながら「ハイ」と返事をした。どうしてクリストフは私の考えていることが分かるのだろうと、シャルロッテは不思議に思う。

「お嬢様はクリス様と違って、素直で可愛いですねぇ」

ちらりとハイジの顔を覗けば、にっこりと笑みを深めてこちらを見ている。

「クリスも可愛いわ」

シャルロッテの返事に、何がツボだったのか腹を抱えて笑いだすハイジ。

そしてハイジを仏頂面で見据えるクリストフ。

よく分からなかったので、シャルロッテはそれを見て抱いた感想をストレートに伝えた。

「あの、ハイジとクリスって、仲がいいのね」

クリスは仏頂面のまま「仲良くありません」と即答し、その後にのんびりと「仲良くしてもらってます～」とハイジが続いた。

やっぱり仲良しね、とシャルロッテは心の中でつぶやいた。

❦　❦　❦

公爵邸からそんなにかからず、今日散策する予定の市街地に到着した。

馬車がゆっくりと丁寧に止まり、周囲に護衛が配置される。

「案外近いのね」

「もともと、公爵邸の周りに街ができた感じですからね」

レンゲフェルト公爵家の城館は丘の上にあり、そこを中心として街が形成されている。シャルロッテたちは馬車で一番栄えた大通りまでやってきた。

最初に馬車を降りたのは護衛のハイジ。ドアの隣でそっと手を差し出す。

「レディファーストです。お嬢様どうぞ」

そっとエスコートされて外に出れば、淡い色合いの建物が並び、道には石畳がぴっちりと敷き詰められている。お店であろうガラスのショーウインドウの奥には、さまざまな商品が透けて見える。

あちらこちらに目移りをしてシャルロッテはふらふらとその場で足踏みをした。

（あれはパン屋さん、こっちは雑貨？　あれはきっとガラス細工のお店ね！　すごい、街が可愛いわ！）

「わあ！」

ぐるりと回って感嘆の声を漏らすシャルロッテのスカートがふわりと広がって、白くなめらかな膝が顔を出す。降りてきたクリストフはカッと目を見開くと、即座にシャルロッテの手をとり回転を止めた。そのまま手を引き歩き出す。

「おねえさま！　こっちが広場です」

「わわわ、ちょっとまって」

そのすぐ後ろを笑いを堪える（こら）ハイジが歩いて、まるで半円のように周囲を護衛が取り囲む。しばらくは周りに目を奪われていたシャルロッテだが、護衛が視界をちらつくために段々と冷静になってきた。

街並みは美しいが、厳つい（いか）男たちが常に視界に入るので集中できないのだ。

「物々しいわねぇ……」

「今回は急だったので、これで我慢してくださいねぇ。次回はもう少しなんとかなるので～」

振り返れば困ったように笑うハイジが居る。

困らせたいわけではないシャルロッテは気持ちを切り替えて「次回も楽しみだけれど、今回だってとっても楽しいわよ、見てあれ！」と言いながらクリストフの手をぱっと離して駆け出した。

その時のシャルロッテには、野菜を売る屋台しか見えていなかった。こんもりと盛られた緑の塊に駆け寄ろうとするが、護衛がザッと前に広がり進路をふさいだ。

シャルロッテの動きは止められてしまう。

「おねえさま！　僕より前に行かないでください！」

慌てて追いかけてきたクリストフに、ぎゅっと腰のあたりの服を掴まれる。動きが止まったシャルロッテの手を、再度ぎゅうぎゅうと繋ぎ直すクリストフ。

「ごめんなさい、つい」

シャルロッテが謝るも、むっとして黙り込むクリストフ。

いつもの無表情ではなく眉根を寄せて口を引き結んでいる。

その不機嫌を察知したのか、ハイジが代わりに口を開いてシャルロッテを注意した。

「お嬢様、次にクリス様の手離したら即帰宅しますよぉ」

のんびりとしたハイジの声に「わかったわ。ごめんね、クリス」とシャルロッテが答えながら重ねて謝れば、無言で頷くクリストフ。

ハイジが目くばせをして、護衛の一人が屋台から野菜を一つ買ってくる。

「お嬢様が見たいもの、欲しいもの、気になるものは、全て周りの人間に言ってくださいね～」

はい、とハイジがしゃがんで見せてくれたのは、シャルロッテの頭ほどもある大きな野菜。緑色の葉が重なり、ボールのように丸くまとまっている。

(まるでキャベツと白菜の中間のような見た目！　これは食べられる、のよね？)

「これはなあに？」

「コールといいます。ここら辺の人たちは煮込んで食べるんですよ～」

「おねえさまも食べてますよ。スープとかで出てきてます」

ブスっとしながらも教えてくれるクリストフにホッとして「そうなの！」と大げさに驚いてみせる。すると、私を微笑ましそうに見るハイジが気になることを言った。

「これ、うちの実家だと〝鍋〟にして食べるんですよ～」

「鍋は調理器具の名前だろう」

「東の国の料理もそう呼ぶものがあるんですよぉ。まあ、ただの煮込みなんですけど～」

「わ、私、食べてみたい！　いっぱい買って帰ろうよ！　コール！」

クリストフとハイジは顔を見合わせてアイコンタクトで何かを通じ合わせた様子だった。

「とりあえず、これは持って帰って料理長になんか作ってもらいましょーねー」

ハイジが野菜を他の人にほいっと渡してしまう。

いちいちシャルロッテがあれ欲しいこれ欲しいと寄り道しだすと、今日は見るだけの予定なので困る。そう思った男二人は結託してシャルロッテをその場から引き離した。

「さ、おねえさま。広場に向かいましょう」

「ちょっと！　え、あ、もう！」

クリストフに手を引かれて進む。話をごまかされたシャルロッテはちょっとむくれたが、周囲の景色に目を奪われてすぐに目をキラキラとさせる。

高く積まれたレンガは、赤だったり灰色だったりの色を活かして文様を作り、大きな建物となっている。木の家は淡い色でペインティングされていて、街並みが可愛らしい。

きょろきょろと周囲を見回しながら、クリストフに手を引かれるシャルロッテ。

「やっぱりお嬢様は素直で可愛いですねぇ～」

後ろからハイジの声が聞こえて、シャルロッテは脳内で反論をする。

（違うのよ！　今だだをこねたって駄目かなって思って！　鍋は絶対食べさせてもらうんだから）

もやもやを抱えつつも、緑の木々に囲まれた小道をクリストフと手を繋いで歩けば、気分はあっというまに晴れていく。不思議なほど人がいないのは、どうやら護衛が先行して人払いをしているらしい。人もいないし、道はきれいに整備されているし、日差しは柔らかくて風が気持ち良い。

シャルロッテは幸せな気持ちになった。

「すてきなところだわ」

ぽろりとこぼした言葉を、ハイジが拾った。

「ここは領民の憩いの場なんですよ～」

広場の奥に進むと、湖があった。

「わあ！」

先ほどのこともあるので、クリストフの手をぎゅっと握って手すりまで駆け寄ったシャルロッテ。

その奥を見れば、高く尖った建物と、大きな鐘が見える。

「ねえ！　あれって」

「教会です。懐かしいですか？」

クリストフが問うた瞬間、声をかき消すようにゴーン、ゴーンと音が響く。

湖の青と空の青が溶けるように美しく、響き渡る鐘の音で心洗われるような光景だった。

ほうっと呆けたように立つシャルロッテの横顔を、クリストフはじっと見つめている。

「教会って大きいのね、すごいわ」

シャルロッテの言葉に、ハイジは首をかしげた。

「お嬢様が住んでる家の方が何倍も大きいですよ～？」

「たしかに」

目をぱちくりとさせて納得するシャルロッテは、風になびく白金の髪の毛を手で押さえながらクリストフに言う。

「クリスは神様に祈りに教会へ行ったりしないの？」

「必要ないでしょう」

「？」

「何か願いがあるなら教会で祈るより、お父様に言う方が早いです」

後ろではハイジが吹き出して笑っていた。

「たしかに」

シャルロッテは本日二度目の言葉を言いながら、自分も公爵邸に来てから一度も祈っていないなあと気が付いた。

（養女になったり、記憶がよみがえったり、クリストフと仲良くなるために必死だったり、忙しかったもんね。でも神様にも、クリストフがちゃんとまっとうに育ちますようにってお祈りしとかなきゃ）

そうだわ、とひらめいてシャルロッテはクリストフの紅い瞳を覗き込む。

「お義父様には言えない願いはないの？」

「そうですね」

少し悩んだふうに間を置いてから、クリストフはひとつ頷いた。

「それが自分でどうしようもなかった場合に、神様に祈ってみることにします」

「クリス様なら大抵のことはなんとかなりますよねぇ。それは祈らないってことですよね～」

笑いながら言うハイジが「さあ帰りましょーかー」と来た道を戻るように促す。

シャルロッテは最大限に散歩を楽しみながら馬車へと戻り、大満足で視察を終えた。

最後、馬車を降りた時。

エスコートをしてくれたハイジの耳に顔を寄せ、シャルロッテはささやいた。

「クリスがこんな……人に雑な扱いをするの、初めて見たの。あ、良い意味でよ！　ありがとう、ハイジ。これからも仲良くしてあげてね」

ハイジは「はい～」と言いながら、目を糸のように細めて笑っていた。

❦　❦　❦

シャルロッテは最近気が付いたことがある。

「意外とお義父様って優しいんじゃないかしら」

ぎょっとした顔をしたのは、シャルロッテのよく知らないメイドの子だった。すかさず横に居たローズが豊かな胸を揺らしてその子を押しのけ、シャルロッテに優しく聞いた。

「どうしてそう思われたんですか？」

「色々お願いしたけど、断られたことないなあって思ったの。ちゃんと私の話も聞いてくれるし」

たとえば先日の街の散策もそうだ。また、会いたいと言って断られたことはなく、いつもすぐ会ってくれる。苦い思い出だが、ザビーへの処遇もそうだろう。

おどけてシャルロッテは付け加えた。

「お顔はちょっぴり怖いけどね」

「うふふー、やっぱりお嬢様はご家族ですから。大切に思ってらっしゃるんですよ」

ローズはちょっと硬い笑みをみせつつ言葉を濁し、手際よくシャルロッテの服を整えていく。

完成したところでシャルロッテは鏡の前でくるりと一回転した。

「きゃっ、お可愛らしいですわ～！」

「さすがお嬢様、なんでもお似合いになりますね！」

ローズは前からこんな反応だったが、他のメイドも最近はシャルロッテに優しい。

ありがとうと返して部屋を出れば、ローズも後を付いてきてくれる。

（今日はなんだか早く目が覚めちゃったし。先に食堂に行ってクリスを待ってあげよう）

足取り軽く廊下を進み、階段を下りる。すると上級メイドであろう女たちが、大きな花瓶に生ける花をあれやこれやと挿（さ）したりとったりしているのが見えた。興味を引かれてそちらへ足を向ける。

「お花を生けてるの？」

一斉に手を止めて礼をするメイドたちに、シャルロッテは慌てて謝る。

「あ、邪魔してごめんなさい。顔を上げて」

顔を上げたメイドたちは、みな笑顔でシャルロッテに各々（おのおの）返事をする。

「とんでもないです！　お嬢様にお声がけいただけて光栄です」

「今日も麗しいですわぁ、お嬢様」

「朝からお嬢様と会えて、今日はいいことがありそうです」

勢いに気圧されながら微笑んで「あ、ありがとう」と返事をすれば、顔を見合わせてきゃっきゃと喜ぶメイドたち。

「今日は庭師の方から薔薇が見ごろだといわれて、玄関の装花を入れ替えているんですよ」

言われてみれば、薔薇の強い香りが漂っている。生花の匂いだからだろうか、強い香りだが不愉快ではない。胸いっぱいに空気を吸い込んで、シャルロッテは微笑んだ。

「いい香りだわ。お花も楽しみにしてるわね」

「お嬢様のためにとびきり美しく生けてみせますっ！」

気合の入ったメイドたちに見送られつつ、シャルロッテは食堂に入った。


しばらくして同じ場所。

クリストフは食堂に向かい足を進めていた。今日はシャルロッテが先に向かったと聞いたせいか、心なしかその足運びは速い。が、階段の手前でぴたりと足を止めて小さくつぶやく。

「……うるさいな」

シャルロッテに話しかけられて嬉しかったのか、メイドたちがきゃいきゃいと声を上げながら花を生けていた。階段の上のクリストフには気が付いていない様子だ。

「黙らせろ」

「かしこまりました」と、すっとクリストフの背後からメイドが進み出ると静かに腰を落とし礼をした後、音もなく階段をすべるように下りる。クリストフのメイドが彼女たちを注意してから少し間が空き、怯えた瞳が一斉にクリストフへ向いた。

クリストフは何を言うでもなく階段を下りて食堂へと足を向ける。

するとメイドの一人が進み出て、クリストフに頭を下げた。

「あ！　あのっ、騒がしくして申し訳ございませんでしたっ！　以後気を付けますっ」

その後ろで他のメイドも、追従するように頭を下げている。しかしクリストフは足を止めることも、目を向けることもなく通り過ぎた。

すっとクリストフの背後という定位置に戻ったメイドに「教育するようマリーに伝えておけ。マナーというものを知らないらしい」と皮肉をにじませて命令する。

気軽に言葉を交わしているハイジなどは、信頼関係あってこその存在で、どちらかというと異例である。貴族社会では、紹介もなく下位の者からの声掛けをすることはマナー違反となるのだ。そんな常識を知らないのか、と当てこすっている言葉であった。

その言葉を聞いていたメイドたちは顔を青くして身を震わせる。下げたままの頭を上げることもできず、クリストフが食堂のドアへと消えるまで顔を伏せ続けていた。


「おはようございます、おねえさま。遅くなってすみません」

「おはようクリス！　私も今来たのよ。そうそう、昨日は楽しかったわね！」

ニコニコとシャルロッテが話しかければ「楽しんでもらえてよかったです」と雰囲気も柔らかに
クリストフも席に着く。

「でもおねえさま。一人で動いたらダメですからね」

「うっ。ご、ごめんなさい」

「外に居るときは、僕のそばから離れないでください」

「わかったわ……」

一人で走り出したことを再度注意されて、言葉をつまらせて謝るシャルロッテ。

（年上、しかも精神年齢だともう大人なのに面目ない……。普通は姉が弟に言うことなのに）

脳内で反省をし始めたシャルロッテの口数は少なくなり、運ばれてきた朝食を静かに二人で食べる。いつもどちらかというとシャルロッテがよくしゃべるので、会話がないのだ。

しゅんとするシャルロッテを見てクリストフはしばらく考えた後「おねえさま」と呼びかけた。

「昨日話をした伝来品、見ますか？」

「東の国の品ね！」

「今日は授業も余裕があるので、午後なら大丈夫そうですよ」

「じゃあ見たいわ」

そこでシャルロッテが「あっ」と何かを思いついたように声を小さく上げた。クリストフをうかがうようにして、おずおずと提案をする。

「もし可能なら、ハイジに解説してもらったりできないかしら」

「分かりました。調整させます」

クリストフの目くばせに、メイドが部屋から離れる。

メイドが外に出るのを視線で見送った二人は朝食を平らげ、今日の予定について話をしながら部屋を後にした。歩きつつシャルロッテが「そういえば、玄関が薔薇の良い匂いなのよ」と何の気なしにこぼす。

クリストフは「そうでしたか」とすまし顔で返したが、シャルロッテはそれを見て、もしかして気が付かなかったのかしら！　それなら嗅がせてあげよう、と考えた。

シャルロッテはクリストフの手をとり「ほらこっち。嗅いでみましょう」と花を生けている方へと歩き出す。

すると花は生け終わった様子だが、未だに花瓶の周りに集まって片付けやらの作業をしていたメイドたちがそれに気が付いた。即座に全員が深く頭を下げる。

「あ、ごめんなさい。私たちのことは気にしないでね。薔薇の良い香りをクリスにもおすそ分けしたかったの」

笑顔でシャルロッテが顔を上げるように促すが、全員頭を上げるも視線は床に落としたまま、一言もしゃべらない。シャルロッテは疑問に思うも、くいくいと手を引かれて意識をクリストフへと持っていかれた。

「ん。クリス、いい匂いが分かるでしょう」

「ええ。おねえさまは薔薇がお好きなんですか？」

「普通かな、お花は全部好きよ」

シャルロッテは完成した花瓶を見上げて小さく拍手をし、メイドたちに「きれいに生けてくれてありがとう。玄関を通るのが楽しみになるわ」とほほ笑みかけた。

「とんでもないことでございます」「お褒めいただき、ありがとうございます」と口々にメイドたちがかっちりとしたお礼を述べる。

（なんかさっきと雰囲気が違う？　嫡男であるクリスがいるから緊張しているのかしら）

シャルロッテはメイドたちの反応に一瞬頭をひねるが、再度クリストフにくいくいと手を引かれて「ああ、授業の準備をしないとね」とその場を後にする。

最後、クリストフはメイドたちに向かって振り返ってこう言った。

「おねえさまが気に入ったなら良いでしょう。これからも励むように」

シャルロッテはそれを言葉通りに受け取って「がんばってね！」と追加で応援をしていたが、言われた側のメイドたちは命を救われたような気持ちでいっぱいだった。

クリストフの氷のような怒りは過ぎ去ったらしいと察したメイドたち。冷徹な小さな主として認知されているクリストフによりクビにされるのではと怯えていたので、その言葉に心の中で安堵の涙を流して「「「はい！」」」と声をそろえ返事をした。

そうしてその場にいたメイドたちは後に「シャルロッテ様のために尽くそう」「シャルロッテ様のおかげで首の皮一枚繫がった」「シャルロッテ様ありがとう」と、仲間内で語り合う。

「シャルロッテ様がいるときは、クリストフ様も怖くない」説は使用人の間ではまことしやかにささやかれ、じわりじわりと話は広がっていく。

（なんか最近妙に皆優しいし、尊敬の目？　で見てくるのよね。なんだろう……まあいいけど、使用人問題も落ち着いたと考えて良さそうかな。クリスとも順調に仲が深まっている気がするし）

シャルロッテは授業の準備をしながら、一人部屋でつぶやく。

「次は、お義父様とクリストフの関係をなんとかしたいわね」

五章　キラキラと仲良し

公爵家にはギャラリーがある。

国内外の有名な美術作品を収集し、展示、保管しているギャラリーだ。その総額は計り知れず、国宝や重要文化財も数多く所蔵している。

文化人なら誰しもが一度は訪れたいと夢見るこの場所へ続くドアを、シャルロッテはのんきに鼻歌を歌いながら押し開き、開放的なギャラリーの空間と展示に感嘆の声を上げる。

「すごーい！」

にこりと微笑みを浮かべて近寄ってきたのは、白い手袋を胸ポケットに押し込んだ、執事服の男。

「お会いできて光栄です、お嬢様」と、シャルロッテ用であろう、白い手袋を渡してしてくれた。

この場所の専属使用人らしい。

渡された白い手袋をシャルロッテが着けると、軽く解説をしながらクリストフのところまで案内してくれるようだ。

「こちらはお客様がいらっしゃった際に領内の作家や文化を紹介できるよう、この土地の物を中心に展示をしています」

空間をたっぷりと使用した展示スペースを抜けて奥へ進むと、ガラスケースが並ぶ博物館のような部屋になる。

「こちらは国内外の至宝を集めております。保護に使用しておりますガラスケースも、古代文明の

「アーティファクトで芸術品、盗難防止の機能もあります」

使用人が指でガラスを撫でるが、跡もつかず透明のままだった。光もあまり反射せずに中を見せるケースらしい。シャルロッテも真似をして指でガラスをこするが、指紋の跡もまったくつかなかった。

「すごいわね！」

はしゃぐシャルロッテを微笑ましそうに見ながら「またゆっくりいらしてください」と声をかけ、更に奥へと進んでいく。

ガラスケースの裏側に回り込むと、死角に重厚な扉が存在した。複雑な鍵がかかっており使用人はいくつかの鍵で丁寧にそれを開錠していく。

「どうぞ中へ、お坊ちゃまたちがお待ちです」

シャルロッテに声をかけるのみで、中へは入らずドアを押さえてくれている。

おずおずと扉をくぐれば、見知ったひょろりと背の高い糸目の男が立っていた。

「お嬢様、お呼び頂きありがとうございます～」

「ごめんね、忙しかったんじゃない？」

「訓練サボれてラッキーって感じです～」

ウインクをしているらしいが、いかんせん目が糸なのでぎゅっとシワが寄るだけでわかりづらい。

シャルロッテは「おほほほ」とエセお嬢様な笑い声を上げておいた。

「ハイジの話が聞けるのが楽しみだわ」

ハイジの母君は東の国の王族の血を引くとのことで、文化的なことを学んでいるはずだと期待をしている。できれば耳よりな情報を手に入れたい。そう、たとえば食文化とか。

（別に公爵邸の食事に不満があるわけじゃないけど、こっちの日本的な食文化はどうなっているのか気になるのよ。江戸みたいな感じなのか、唐揚げとかあるのか、とかね）

「おねえさま、こっちです」

クリストフに呼ばれて声の方へと向かう。

さすが公爵邸の宝物庫というべきか。倉庫であるにもかかわらず、大きな絵画や彫刻、壺や置物などが、壁や棚にところせましと飾ってある。

「たぶん、ここら辺だと思うんですけど」

部屋の一角を指で示してみせるクリストフ。シャルロッテも近寄って、そのあたりをぐるりと見渡す。

そして一点を見つめて固まった。

そこには漆（うるし）塗りであろう重厚な艶（つや）を放つ重箱があり、後ろには水墨画が飾られていた。シャルロッテが興奮のあまり声も出せない様子で、必死に手振りで示す。

ハイジが「ああ、よくわかりましたね～」と、ゆるい拍手をした。

「おねえさま、どうして分かったんですか？」

「あぁ、えぇっと」

「もしかして前から、東の国に興味があったんですか～？」

「そうなの！　そう！　昔、本で読んだの！」

なぜか必死に手をばたばたさせながら説明するシャルロッテに、ハイジはしゃがんで視線を合わ

せた。

「それなら今度うちの母から、若い女の子が好きそうなものを贈らせてください～」

シャルロッテの言うことを疑ってもいないようで「東の国の文化が広がるのはいいことですから～」とニコニコと朗らかな表情だ。

「でも、いいのかしら。とっても嬉しいわ！　だけどなんだか……悪い気もするの」

「いいですよぉ。あ、でも。もしかして、お嬢様にとって公爵邸に来ての初プレゼントだったりして～」

「ダメだ。僕が贈る」と、クリストフが素早く反応した。

ニヤニヤしたハイジが「でもでもぉ」と畳みかける。

「東の国の物だったら、母の方が詳しいですよ～？」

ねっ、と首をかしげてシャルロッテに同意を求めるハイジ。

「え、えっと」

「……公爵家の人間が物を貰うというのは、貴族の人間関係もあって難しいものだ。おねえさまが知らないことも多い」

クリストフは貴族の人間関係だとかいう言葉を持ち出した。それを言われると弱いシャルロッテだったが、だがしかしと思って一応言ってみる。

「えっと、でも、ハイジのお母様なら知らない人ってわけでも……」

「知り合いの親戚を信用していたら、貴族は元をたどれば皆、親戚みたいなものです。いいですか、おねえさまは贈り物を受け取らないでください。絶対ですよ」

「分かったわ。軽率に人から物を貰ったらダメってことね。止めてくれてありがとうクリス」

クリストフは彼女の目を見ないように視線を下に落とす。

「まずは僕が」

ずいっと迫る圧に押されて背中を反るようにしたシャルロッテは、必死にコクコクと頷いた。

「え？」

「ぼくが！　おねえさまにその分あげますから！　他の人からは貰わないでください」

「別にいいのよクリス。何か欲しいわけじゃないから」

「あげます」

「いいのよそんな」

「あげます！」

押し問答を繰り返す姉弟を止めたのは、間延びしたハイジの声だった。

「あ、じゃあこっから欲しいもの見つけたらいいじゃないですか～」

ごそごそと棚を開け、引き出しを漁り「じゃーん」と効果音を発しながら月のような髪飾りをヒラヒラと見せてくる。しかしそれはどう見ても花魁が髪に差す櫛で、シャルロッテは自分がつけることはないと「それはいらないわ」と切って捨てた。

「えぇー、お嬢様むずかしいですねぇ」

「私じゃ使いこなせないもの」

「お嬢様が適当に使ってくれれば、社交界で流行するでしょ。そしたらいっぱい売れるかなって～」

どうやらハイジは東の国の文化を流行させたいらしい。本来の用途でなくとも、使ってもらって売れればいいと考えている様子。

「おねえさまはデビューもまだ先だぞ」

「そうですわ。私まだまだ秘蔵っ子ですのよ」

姉弟に睨まれて「そんな目で見ないでくださいよ～」と口先だけで怯えてみせるハイジは、次々に品をひっぱりだしてくる。

「あ、これ。重いなぁ」

ハイジがかかえるように棚の奥から下ろしたその物体から、シャルロッテは目が離せなくなった。

「これは……！」

それは、見まごうことなき〝土鍋〟であった。

フタは茶色で下は白く、ころんとしたそのフォルム、たぬきを思わせる淡い茶色の焼き物で、どう見ても土鍋である。シャルロッテは手を伸ばしてそれを受け取ろうとするが、ハイジは渡してくれない。

「これ結構重いんですよ～」

そう言ってポケットから布を床に広げて、そこにささっと置かれてしまった。

すぐさま近寄って触ってみるとザラザラとした焼き物の感触が手に心地よい。はしゃぐシャルロッテが蓋（ふた）を持ち上げようとすると、そっと制されてしまう。

「はい、蓋あけるとこんな感じ～」

「わぁ！　これ、これっ」

「これは土鍋といって、この間言ってた〝鍋〟という料理の専門調理器具です。落とすと割れるんで、お嬢様は持ち上げたりしないでくださいね～」

(何言ってんの！　米も炊けるし、蒸したり煮たりの調理もできるのよ！　お鍋だけじゃないのよ土鍋は！　私の方が詳しいわ！)

不満をぐっとこらえて「わかったわ」と返して「ねえハイジ、東の国の料理ってどんなものなのかしら」と聞いてみる。

「んー、ライスが主食で、メインディッシュとなる〝おかず〟は様々ですね。この〝鍋〟を使用する料理は、野菜と肉を煮込んだものになります～」

クリストフが土鍋を撫でて率直な感想を言う。

「土器みたいな見た目だな。東の国はなめらかな磁器や鉄は発達していないのか？」

「これが味があっていいんですよ～。この焼き物のテイストはわざとです、わざと！　発展のレベルでいったらこの国と変わんないですよ、クリス様は知ってるでしょ。なんか誤解されてて野蛮と思ってる人もいますけど～」

「私はすっごく素敵だと思います！　これでできたカップとか欲しいです！」

(なんちゃら焼きのマグカップとか、コーヒーカップとか、あったらぜひ使いたい！)

目をきらきらさせるシャルロッテを見て、クリストフは一瞬で意見を変えた。

「土を感じる、独特の美しさがあるな」

「見事な手のひら返し～」

ハイジは嬉しそうにしながら拍手をした。

「いいですねぇ、公爵家のお二人が気に入ってくれたら流行しますよぉ。カップとかは見たことないので、母に聞いておきますね～」

クリストフは言い返すこともなく、ハイジを無視してシャルロッテを見た。

「おねえさま他に欲しいものは?」

「えっ、と。もう少し見てもいいかしら」

(え、土鍋くれるってこと? でも宝物庫にあるくらいだし、これって大切なものでしょう。お義父様の許可なくそんなことといいの? しかも私だけ貰うのは気が引ける……)

多少混乱しつつハイジの助けを借りて棚を見ていく。

すると美しいガラス細工のおちょこやグラスを発見した。

「これ素敵だわ!」

「見事な色ですね、異国風です。グラスと、これはミニグラス……?」

「小さいカップはショットグラスに近いもので、お酒用ですねぇ。お二人が使うなら普通のサイズのグラスがいいですよ～」

「これクリスの目の色みたい! こっちは私の目の色、二人で使えたら素敵じゃない?」

クリストフに底が紅く上にゆくにつれて透明になるもの、自分は濃紫の同じデザインのグラスを選んで電球の光に透かすシャルロッテ。

うんうんと一人で頷き、一つをクリストフに渡す。

「はい! おそろいね」

「おそろい?」

「こうやって同じデザインのものを一緒に使うのよ」

シャルロッテはグラスを揺らしてみせる。

クリストフは渡されたグラスを両手で包むようにして胸に抱き、小首をかしげた。

「どうしてですか?」

「どうしてって」

一瞬言葉につまるシャルロッテだが、すぐに笑顔を浮かべる。

「私はこのグラスを見たら、クリスのこと思い浮かべるわ。そしたら嬉しくなるでしょう?」

「おねえさまが、嬉しくなる?」

「もう! さっきから質問ばっかり! クリスのことを考えたら嬉しいわよ! たった一人の弟だもの。今日ハイジと三人で楽しくお宝さがしをしたことだって思い出せるしね」

「そういうものですか」

しげしげとグラスを眺めるクリストフ。

「僕も、おねえさまのことを考えるのは嫌いじゃありません」

「ほんと?」

目をぱっと輝かせて嬉しそうなシャルロッテの手からグラスを抜き取り、自分の持っていたものを渡すクリストフ。紅い瞳が、シャルロッテを真っすぐ見つめている。

「お互いを思い出すことが目的なら、色は逆が良いのでは。僕はこれを見たら、おねえさまの瞳を思い浮かべます。おねえさまも、僕の瞳を思い出してください」

(な、な、なんでこの子は! バカップルみたいな恥ずかしいことを! 言うのかしら!)

シャルロッテは固まった。

「まるで恋人同士みたいに仲が良いですねぇ」

ハイジがしみじみとつぶやくものだから、シャルロッテはもっと恥ずかしくなって下を向いてしまう。なんだか変な提案をしてしまったと後悔するも、クリストフは紫色のグラスをくるくるまわして眺めていて、もうこちらは見ていない。

シャルロッテは、誤魔化すようにハイジの顔を覗き込む。

「ハイジって目、何色なの？」

「えぇ、ホラ。ちゃんと見てくださいよぉ」

ホラホラ、としゃがんでこちらを見てくるがよく分からない。

「分からないわ。黒？」

即座にクリストフの声が飛んでくる。

「黒のグラスはありませんよ」

「それならしかたないかぁ」

三人でお揃いにしたかったのに、と胸の中で考えるシャルロッテ。

「じゃ、そろそろいいですかね。鍋は後で運んでおきますので～」

そこでハイジはシャルロッテの手を引きエスコートをして、出口のドアを開けてくれた。

「すみません、クリス様には最後の締めを立ち会ってもらうことになってまして。お嬢様は先に部屋に戻っていてください」

「私も手伝うわよ？」

「大丈夫ですよ〜、すぐなんでぇ」

（宝物庫だし、鍵かけには私が関わらない方がいいかしらね。ここで残るってワガママ言うのもよくなさそうだし）

「わかったわ。絶対あの土鍋持ってきてね、絶対よ。待ってるから！」

シャルロッテは念を押してから、一足先に部屋に戻った。

手にはクリストフの瞳と同じ紅いグラスを握りしめて。

小話（とある護衛視点）

「黒のグラスはありませんよ」

（んなワケあるかよ）

「それならしかたないかぁ」と、シャルロッテは確認をしなかった。だが、黒の公爵家と渾名されるレンゲフェルト家に贈られた品である。黒がないわけない。ハイジはそれに気が付いたが、あえて何も言わなかった。

「じゃ、そろそろいいですかね。鍋は後で運んでおきますので〜」

クリストフに逆らう気はカケラもないからだ。

ハイジはよく知っていた。クリストフが天賦（てんぷ）の才を持ち、人の上に立つカリスマとなることを。

この人が公爵家を継げば安泰だろうし、ゆくゆくは己の主人となる人間だと認めている。そして、クリストフが自分の目的のためには容赦のない性格であることもまた、よく知っていた。

まだまだ幼いが、自分の障害となる人間に容赦はまったくない。

（そーゆーとこ父親似なんだよなぁ）

シャルロッテをさりげなくエスコートして「お嬢様は先に戻っていてくださいね～」と、宝物庫の外へ出す。

この宝物庫は、展示されていないからといって価値が低いものがあるわけではない。様々な理由で展示できない物、大切に保管するべき物も多く所蔵されている。そんなわけで一家臣であるハイジが一人で片付けをするわけにもいかないので、クリストフに残ってもらっての片付けを開始する。

「じゃあクリス様は、そこで俺が盗んだりしないか見ててくださいね～」

てきぱきと広げられている作品を棚へと戻しつつ、ハイジはちらとグラスがあった場所を確認する。やはり黒のグラスはあった。

こみ上げる笑いをかみ殺してクリストフへと尋ねる。

「クリス様って、お嬢様のこと大好きですよね～」

「すき……？」

なんだそれはといいわんばかりの目である。こっちがなんだそれはと言いたい、と反射的にハイジは「え、自覚ないんですか？　あんなに好きなのに？」と剛速球を投げた。

「ぼくは、おねえさまを、すき？」

口に手をあてて茫然、といった体で動かなくなったクリストフの眼前でヒラヒラと手を振る。ハイジは慌てて「おーい」と声をかけるも、クリストフは固まったまま。

「姉と弟なんですから、普通は好きでしょ～。なんでそんな驚くんですか～」

「ふつう？」

「そう、普通」

「……誰かを好きと思ったことはないが」

「えぇ！　だってクリス様、俺のことも好きでしょ〜。お父上のことも好きでしょ〜」

何言ってんだコイツ、と脳内で考えつつも茶化したように返事をする。

しかし本気で戸惑った顔をするクリストフに、ハイジは逆に困惑した。

（え。好きが分からないとか、そーゆーこと？）

「他の人に比べて、優しくしてあげたいな〜って思ったり。自分が食べておいしかったら、分けてあげたいなって思ったりとか〜？」

「そんなの二つ用意しろ。わざわざ分ける必要がないだろ」

「わあ。金持ちのボンボンの発想〜」

「おまえも金持ちのボンボンだろ」

「俺は一応、色々経験しての今ですから〜」

うーんと考えて、ハイジは今までの人生を思い出す。好きとは、好き、好きになったらどんな気持ちだったかな、と。

そこで思い浮かんだのは、母の顔だった。

ハイジの母は、異国から政略結婚で嫁いできた。そもそも話を聞けば、本来は王族の姫君が来るはずだったらしい。しかし姫がそれはもう強く嫌がり、血縁である母に白羽の矢が立ったそうだ。

そうして十六歳という若さでこの国へとやってきた。

姫が嫌がった理由は的中し、歓迎する者もいれば、野蛮な国からやってきたと見下す者もいたそうだ。さぞ苦労したことだと思う。

ハーフの自分でさえ差別を感じることがあるのだから、初めに嫁いだ母の苦労は計り知れない。

「ひどいことをされていたら、守ってあげたくなったり、怒りが湧いたりする、とかですかねぇ」

「お父様を守ってあげたいと思ったことはないが」

「あの人守れるのは神様くらいでしょ〜」

ケラケラと笑ってハイジが手を振り「じゃあ、お嬢様は？」と尋ねた。

「そう、思う」

「ほらぁ！　それですそれ〜。あとは、その人が悪口言われてるところとか想像してみてください。ムカーッときませんか？」

「くる」

即答だった。

（もしかして俺、相当いい仕事したんじゃね？　クリス様の周りには〝感情〟を教える身内が少なすぎるんだよなぁ。公爵様はあんな感じだからなぁ）

「好きってむずかしいですけど、そーゆーところでも分かると思いますよ〜。特別に思っちゃう相手のことは、多少なりとも好きと思います〜」

「お父様もお姉様も、悪口を言われるべき人間ではないし、生まれからして特別な人間だ。言う側に問題があるので罰するべきだ」

「ハイ発想が怖い〜」

「事実だ」

再びケラケラと笑うハイジを、紅い瞳が見つめる。

「おまえもだぞハイジ」

「悪口くらいで目くじら立てませんよぉ。酸いも甘いも噛み分けちゃってますんで～」

おどけてみせるが、クリストフは視線をそらさなかった。じっと見つめて、再度繰り返す。

「何か言われるようなら報告しろ」

「……ご命令とあらば」

よし、とクリストフは頷いて「終わったか、お姉様が待っているから急ぐぞ」とハイジを促した。

（冷酷で厳しい面も多いけど、身内に甘いところもあるんだよなぁ。今の話で、多少人の感情ってモンを分かってくれたらいいけど）

これからに期待だなと考えながらハイジは急いで残りの片付けを終え、土鍋を抱えて宝物庫を後にした。

六章　〝同じ釜の飯を食う〟ってやつ

部屋でくるくるとグラスを回す。

光が反射して、きらりきらりと机に紅い影を落とす。透き通った影はキラキラと光り、シャルロッテの目を楽しませた。

「ほんとうにきれいだわ」

そしてその紅は、シャルロッテにクリスの顔を思い出させる。

「ハイジもクリスも遅いわね」とシャルロッテがぽろりとこぼした瞬間、部屋のドアがコンコンとノックされた。

「ひぁっ」

シャルロッテの肩はビクリと跳ね、危（あや）うく手の中のグラスを取り落とすところだった。

「おねえさま？　今何か声が……、大丈夫ですか？」

「だ、だいじょうぶよ！　どうぞ入ってちょうだい！」

ドキドキする心臓をなだめて、すまし顔をつくる。

「失礼します。おねえさま」

「失礼しまーす。お嬢様ってば、グラス落としたりしてません？」

まるで見ていたかのようにニヤニヤ笑うハイジをにらみつけた。

「しておりません」と言ってそっぽをむくシャルロッテ。

「それにしても、遅かったじゃありませんか」

「片付けにちょっと手間取りましてぇ。あ、鍋どこに置きます～？」

「ここよ！　ここ！」

「え、おねえさま、そこは……」

シャルロッテが置くように示したのは、なんとドレッサーの横だった。本来であれば花や宝石箱など、美しいものを飾る用のスペースだ。実は二人が来室する前までは花が飾られていたのだが、シャルロッテがどかした。

言われるがままにハイジがそこに土鍋を設置すれば、満足げに色々な方向からそれを眺める。

「いいわね！」

白と金、木を基調に整えられた美しい部屋。そこに浮かぶ一匹のたぬきのような土鍋。

明らかに浮いていたが、ハイジは笑いを堪えるばかりで何も言わず、クリストフもおねえさまが良いならいいかと放置することにしたらしく、その異質さを指摘する者は居ない。

そのため、この後部屋に戻ってきたローズが悲鳴を上げることになるのだが、シャルロッテはそんなことはまだ知らずに、ご機嫌な様子であった。

「さ、二人とも座ってちょうだい。早速だけれどもハイジに質問よ。〝鍋〟を食べるためには、何が必要なのか教えてちょうだい」

ハイジとクリストフは、シャルロッテとテーブルを挟んで向かい側のソファに座る。

「肉と野菜と水があればできるんですけど、そうですねぇ。さらに調味料の〝味噌〟か〝醤油〟というものがあると、もっと東の国風の料理になりますね～」

「それ！　それは、どこで買えるのかしら……？」

「うちの実家でも扱ってますよ～」

「それ！　それ！　欲しいわ！」

語彙力が低下するほど興奮したシャルロッテの要求に、ハイジは吹き出した。

「わっ、わっかりました。実家に連絡しておきます。どうせなんで、材料揃えてお届けしますね～」

「僕の私費から出しておいてくれ」と、クリストフが言う。

「クリス様の方に請求回しますねぇ。けど、お嬢様ってお金持ってないんですか～？」

ハイジのど直球な物言いに、シャルロッテはちょっと固まってから首をかしげる。

自分自身も知らなかったからだ。クリストフに尋ねる。

「私、お金あるのかしら……？」

「ありますよ。年間予算の割り当てがあるはずです」

安心してください、と頷くクリストフにシャルロッテはホッとして胸を押さえた。

「必要になったことがなかったから、知らなかったわ」

クリストフが「このくらいだと思います」と言って告げた金額に、シャルロッテは息を呑んだ。

絶対に使いきれない額だ。何を買うためにそんなにお金が必要なの……？　と遠い目をするシャルロッテ。

「さっすが公爵家。そんなにお小遣い貰うんですね～」

細い目をわずかばかり開いて驚きを表現するハイジに、クリストフは説明をした。

「服を整えたりするのにも使用するから、それなりの額が必要だろう」

「えっ、じゃあこの間のドレス、クリスの分のお金使っちゃったりしてない？　私の予算からちゃんと出してくれた？」

シャルロッテは先日のオーダードレスのことを即座に思い出していた。あれはクリストフが計画してくれたものだが、予算があるならシャルロッテのところから出すべきだろう。

「ああ、いえ。あれは僕からです。去年の予算も余っているので、気にしないでください」

「でも私にも予算があるなら、そこから出すわ」

「いいんです。もう支払いも終わっていますし」

実はこれは嘘だった。ドレスなどは前金も払うが、全額は完成品が収められてからの支払いだ。

クリストフは涼しい顔でシャルロッテに「それで、あの伝来品ですけど」と話題をそらす。

「その〝鍋〟という伝来品は、おねえさまのものにして大丈夫だそうです」

「えっ！　いいの？」

「はい。グウェインを通してお父様に確認してます。それもあって遅くなってしまいました」

「全然いいのよ！　ありがとうクリス」

（私の物になったのなら、遠慮なくお鍋させてもらうわ！）

「みんなで一緒に〝お鍋〟しましょうね！」

にっこり笑って喜ぶシャルロッテを、どことなく満足げに眺めるクリストフ。そしてそんなクリストフをみてニヤニヤするハイジ。

「みんなで、できたらお義父様もご一緒してほしいわ」

しかしそんなシャルロッテの言葉に、クリストフは少し苦い顔をした。

「お父様ですか……」

「あー、シラー様はお忙しいですからねぇ」

ハイジも困ったように眉を下げる。

シャルロッテはクリストフに、おずおずと問いかけた。

「あんまり一緒に食事とか、しないのかしら？」

「行事ごとでは一緒に食べますが、日常的にはあまり。お父様はいつも忙しくて。食堂で見かけることもないです」

（鍋と言ったら家族で囲むもの！　ってイメージだったんだけど、ちょっと厳しいかもしれないわね。クリスってずっとご飯一人で食べていたのかしら……。昔から？　昔って、いつから？）

そこでシャルロッテはハタと気が付いた。

家族といえば、クリストフの母親の話を聞いたことがない。シャルロッテが公爵邸に来た当初からいなかったので、亡き人であると思っていたのだが、思い出話も一切聞いたことがない。

メイドに以前屋敷を案内してもらった際にも、公爵夫人の部屋は存在しなかった。そのため、そこでシャルロッテは、クリストフの母親は亡くなっているんだと勝手に解釈をしていたのだ。しかし、この間見た衣裳部屋には、大人の女性用のドレスが未だにずらりと並んでおり、多少の違和感を覚えていた。しかし、故人のものとなれば思い出深く、処分もできないのだろうと納得していたのだが……。

（公爵邸に来てから、公爵夫人の名前すら聞いたことがない。なんかそれも妙な話ね）

しかし、おそらく亡くなっているであろう母親のことをクリストフに聞くわけにもいくまい。まだ幼いこの子が傷つくようなことは言いたくなかった。

（クリスからも、お母様って単語を聞いたことない気がするわ）

シャルロッテは少し悩んだが、今はこの話題には触れないことに決めた。

とりあえず鍋をする時にはお義父様を引っ張れないかしらと考える。

「じゃあできればでいいから来てくださいって、お義父様にもお声がけしてみるわ。ダメ元よ。もし来てくれたら嬉しいわね」

「無理なら無理と言うでしょうし、声をかけてみるのはいいと思います」

「ふふふ、今から楽しみだわ」

シャルロッテは楽しくなって、ハイジとクリストフと三人であれやこれやと鍋の計画を進めていった。

❦ ❦ ❦

「お義父様って、そりゃまあ当然なんだけれども、忙しそうなのよね……」

シャルロッテはここ数日、義理の父であるシラーを観察していた。といってもシャルロッテが見れるのはせいぜい執務室のドアくらいで、直接顔を見ることはできない。こそこそと廊下を歩いてみたり、図書室に行ってみたりとトライはするものの、収穫はゼロ。

今日は夕飯後の自由時間を利用して、どうにかグウェインかシラーに会えないかとフラフラと廊下をさまよっていた。グウェインに会いたいと言うのは簡単だが、シラーがいつも何しているのかも気になったので、偶然会えないかと思っていったん様子を見ることにしたシャルロッテ。

(面会申し込まないと、やっぱり会えないもんだなぁ。顔を合わせたときに、さりげなく「お鍋しませんか」って誘いたかったのに……。全然外に出てこない)

しかたがない、そう思いつつも、これは「クリスと日常的な交流をしていない証拠だ」と確信したシャルロッテは少しイライラもしていた。

クリストフも言っていたが、シラーは本当に忙しいらしい。全然外に出てこないで、執務室にこもって仕事ばかりしている。

自分が知らないだけで、夕食後のクリスの自由時間にちょっと顔見に行ったりしてないかしら、と少しだけ期待していたシャルロッテは肩をいからせていた。

(いくら忙しくっても、大事な子どものために時間くらい作れないワケ？　せめて朝ごはんくらいなんとかならないのかしら！　まったく、私がいなかったらクリスは独りぼっちじゃない)

足音を響かせながら図書室と部屋を行ったり来たりすること、一刻。

大して音は鳴らないが、精いっぱいアピールして足音を立てて執務室の前を通り続けたシャルロッテ。考えるとイライラして足音が荒くなってしまっていたのだが、そこは複雑な乙女心というやつである。

(私のイライラに気づいて！　どうしたのって言いなさいよ！　っていうか全然外に出なさすぎる！　もっと出てきてよー！)

そんな喧嘩中のカップルの彼女みたいなことを本気で考えながら、シャルロッテはひたすらに往復していた。幼女の軽くて可愛らしい足音とはいえ響いたのか、いや、むしろその足音であるからだろうか。

中からグウェインが顔をのぞかせて問うてきた。

「お嬢様、先ほどから何をしていらっしゃるのですか」

アピールしていたわりには、いざ聞かれてモゴモゴと口ごもってしまう。

図書室に用があります、とごまかすには本を持っていない。かといって「お義父様に文句があるのよ！」と、シラーを崇拝するグウェインに言うほど命知らずではない。

「ああ、えっと、ちょっとお義父様って普段何してるのかしらってね、ちょっと思ったのよ」

「旦那様ですか？　何か御用でも？」

一瞬にして頭の冷えたシャルロッテは、ひとまず「うるさかったかしら。ごめんなさいね」と軽く礼をしてから、グウェインの顔を見て言う。

「うーん、用事ってほどでもないんだけど……」

そこで再び口ごもるシャルロッテ。しかし、グウェインだって忙しいに決まっている。こんなところで無駄に時間を使わせてはいけない！　と、今考えていたことを勢いつけて切り出した。

「その！　ね、お義父様とクリスっていつ交流しているのかしら」

「行事ごとの晩餐はご一緒されてますし、坊ちゃまの身の回りの報告は毎日受けてらっしゃいますよ」

クリスやハイジから聞いている話と一致する。本当にそれしか交流がないのだろうか。

シャルロッテは首を振り、もう一度グウェインを見つめた。

「そうじゃなくて、その、日常的なところは？」

「授業進度は毎日確認されていますが」

「そうじゃなくって、もっとホラ、あるでしょ」

心底分からない、といった顔をして首をかしげたグウェインに苛立ちを覚えたシャルロッテは語尾を荒くしてまくし立てた。

「直接話をしたりとか！　褒めたり！　元気にやってるかって声かけたりとか！　顔見たりとか！　そーゆーのです！」

「あー…それはですねぇ」

視線を泳がせるグウェイン。クリストフの知らないところでは顔を見ているのだが、それは言うべきではないだろうと考えた彼は言葉に詰まった。

それを見たシャルロッテは眉をぎゅっと寄せて問う。

「どうしてなの？」

「大貴族はそんなものでございます。ええ。食卓を共にされる機会があるだけ、まだ子どもに関心がある方です」

「何それ！」

信じられない、と顔に書いてあるシャルロッテをグウェインはもどかしい気持ちで見据えた。彼とて思うところはあり、シャルロッテに言いたいことがある。しかしそれを主人に反してペラペラと話す男ではない。ぐっと呑み込んで、微笑みを浮かべた。

「お嬢様のお育ちになった環境と、公爵家の環境は、まったく違うものであるということでございます。各家庭の状況もありますから、ご理解ください。ささ、今日はもう遅いですから、お休みくださいませ」

そうしてパタンとドアを閉じられてしまった。

シャルロッテはとぼとぼと部屋まで戻り、脳内では盛大に反省会を開いていた。

指摘された通り、シャルロッテは大貴族の育児についてよく知らなかった。シャルロッテの母親は貴族であったが、一緒に居た頃はほぼ平民みたいなものだったし、修道院での暮らしは一般的なものではない。

考えてみれば、周りの使用人が育てるのが普通というのも、理解できないわけではない。

「じゃあ、今のクリスの状況も普通ってこと……？　いや、そんなわけないわ。絶対よくないもの。もっと普通の貴族なら関わりあるんじゃないの？」

（だから今はあんなに優しいクリスがゲームの黒幕なんかになっちゃうんだもの！　絶対、絶対、このままじゃよくないんだから！）

ボスボスと行儀悪く枕を叩きながら、ため息を吐いた。

しかし今回はシャルロッテもイライラしていて、あまり冷静に話すことができなかった。今度はハイジやメイドたちにでも聞いてみよう。そう考えたところで「あ！」とシャルロッテの口から大きな声が漏れた。

本来の目的を思い出して、再び深いため息を吐く。

（お鍋誘うの忘れてた……。しまったぁ）

ぼすん、と枕に顔をうずめて、シャルロッテはそのままふて寝をした。


翌日の夕方。クリスが剣術の授業を頑張っている間、シャルロッテは再び図書室へと来ている。というのも、部屋付きのメイドのリリーとローズに貴族の育児について聞いたが、二人ともに首を振られてしまったのだ。

「公爵家は貴族の中でも別格ですし、男爵家であるウチの育児と比較はできませんわ」

そう言うのは、バッテンにした手で豊かな胸がぎゅっと寄って迫力満点なローズ。

「我が家も騎士の家なので参考にならないかと……」

そう言ってサラサラの金髪ボブを手でくしゃりと寄せるのはリリー。

「リリーの家なんかは、幼少期はご当主が自ら剣技を仕込むそうですわよ」

「ローズの家だって、小さなころから店によく連れていかれたって言ってたじゃない」

「うちは洋裁店だからですわ。センスを磨けと言われて、買い付けなんかにも同行させられていましたの」

肩をすくめるローズに、リリーが補足をしてくれる。

「家業がある家は子どもに技を仕込むので、わりと親子関係が密な場合が多い印象があります」

「家族みんなで頑張る！　といった意識がありますのよね。家業ですから」

しかし二人がそろって「自分の家の育児では、お嬢様の参考にならない」と繰り返すので、シャルロッテは肩を落とした。

「家族みんなで頑張るかぁ、そんなこと公爵家ではないものね」

繰り返すシャルロッテに、二人は頷いた。落ち込んだ様子のシャルロッテに慌てて、励ますように言葉を二人が繋いでくれる。

「でも、夜会などの社交が始まれば、ご家族での団結も必要となりますわ！」

「そうですよ！　一緒に出掛ける機会もグッと増えるはずです！」

「でもそれって、かなり先だよね……」

しょんぼりとしたシャルロッテは「ちょっと図書室に行ってくるわね、付いてこなくていいから」と、一人でドアの外へと出て行った。

そうして、図書室で調べてみようかと本を見ているわけである。

「うーん、なさそうね」

ざっと見たが、高位貴族の育児に関する本なんてものはない。高位貴族についての本はあったが、名鑑や歴史についてといったところのみだ。夫人の手記などがあれば……と思ったが、そういったものは置いていないらしい。

うろうろとさまよいながら、シャルロッテは耳を澄ませていた。隣の執務室のドアが開いたら偶然を装って廊下へと出る、といった奇行を繰り返しているからだ。

（昨日の今日で面会申し込んでお鍋に誘うとかできないし、グウェイン出てこないかなー。偶然な感じでサラっと声をかけちゃいたい）

ガチャン、と音がした瞬間。テテテとシャルロッテはドアに駆け寄る。ドアの近くまで寄ってから、勢いを弱めて歩く。

開こうと手を伸ばした次の瞬間。

勝手にドアが開き、シラーが現れた。

鋭い眼光に捉えられ、シャルロッテの手が止まる。

「さっきからちょこまかと、何をしている」

（ドアの音がうるさかったのかしら、どうしよう、どうしよう）

悟った時にはもう遅い。低い声に怖い顔、威圧感。冷や汗がじわりと毛穴から噴き出した。この公爵家当主という存在の一言の圧。自分はどうとでもなるという事実を思い出させた。

「う、う、うるさくしてすみません」

シャルロッテは身を縮めるが、待てど暮らせど言葉の追撃は来ない。しばらくするとバタンとドアを閉め、シラーが図書室へと入って来た。

シャルロッテを通り越し、備え付けのソファに腰を下ろし短く一言「来い」と言った。

「し、失礼します……」

おずおずと対面に腰を下ろせば、長い足と腕を組みじろりとこちらを見下ろすシラー。

「クリストフは剣術か」

「そうです、それで、図書室に」

「頻繁(ひんぱん)に出入りをしていたのはなぜだ」

「ちょっと、その、落ち着かなくて」

言いながら内心では言わなくちゃ、言わなくちゃ、と焦っているが、どうも言葉が出てこない。

(ここで、お鍋しませんかって言えないよー！　威圧感！　怖すぎ！)

ぎゅっと目をつぶって再度「うるさくして、すみません」と言うシャルロッテ。

「この間も来ていたな。本は読むのか」

「あ、はい。ちょっと探し物をしていたんですけど、見つからなくて……」

「何をだ」

「高位貴族の夫人の手記などです」

「ここにはない」

シャルロッテは自分の足をぎゅっと寄せて、手で膝頭を掴んだ。「そうだったのですね、教えていただきありがとうございます」と、そう言いながら首が下がり、視線が床に落ちた。

シラーの立ち上がる気配がした。

「来い」

「え？　あ、はい」

言われるがままシラーについて行くと、廊下から執務室へと戻っていく。ドアを開けたまま「こちらだ」という声に、シャルロッテは慌てて室内へと滑り込んだ。

グウェインは何やら書類をまとめており、こちらをちらりと見やるが何も言わない。

「座っていろ」

指で示された先に腰を下ろしてきょろきょろと周囲を見回すも、グウェインとシラーしか居ない。グウェインは動かないし、シラーは何やら書架を見ている。

（私、どうしたら……）

身の置き所がなくて、膝の上に揃えた両手で足を落ち着きなくこする。

気づけば、シラーが何やら一冊の本を差し出している。おずおずと両手で受け取ると「持ち出しは禁止だ。ここで読むように」と言って仕事に戻ってしまった。

言われた通りにぱらりと本を開けば、それは公爵夫人の手記であった。

年代を推察させるものは見当たらないが、当主の妻として生きていた人の日記だ。ぱらりと捲(めく)れば、仕事の記録のような、メモのような内容が目についた。外部に向けたものではなく、日誌に近いのかもしれない。

シャルロッテはとりあえず、と先頭から読み進めていく。

　しかし、これがまあ面白かった。

——聖女の森で密猟者の報告あり。報告は五件だが、推測される件数は十倍。刑罰を死刑とし、城下のみならず全ての領民へと知らせるためにギルドへと依頼。（依頼書の控え有）密猟者は見せしめに利用。

（聖女の森って何かしら！　ギルドって、すごい、ファンタジーみたい！　今でもまだあるのかしら）

　このように記録的なところもあれば、時間がある日だろうか、全く違った文体の日もある。綴(つづ)られていたのは家政のことだけではなく、宮廷のドロリとした部分や高位貴族としてのプライドが見える箇所もあり、シャルロッテは引き込まれるように読み進めた。

——学園の頃から羽音のうるさい虫が、麗しいスミレを萎(しお)れさせてしまった。王城の庭にタンポポが紛れ込み、黄薔薇だと騙る様は滑稽(こっけい)。庭師は何をしているのかしら。

　まるで小説のように表現は婉曲(えんきょく)的で分かりづらい部分もあるが、この公爵家の夫人というのは中々に気の強い人物だったようだ。また、王城に誰か崇拝する人物である〝菫(すみれ)の君〟が居たらしい。

——私の可愛い菫を煩(わずら)わせる虫は、公爵家が一切の取引をやめてしまえば勝手に息絶えた。空気を読むことのできない羽虫が飛べると思う人間など、いないのだから当然であろう。早急に雑草も摘み取らねば。

　気に食わないものを排除していくパワープレーっぷりは日記の中でも圧巻(あっかん)だった。夫人は冷酷な高位貴族としての在り方を見せつけてくる。しかし〝菫の君〟の周囲を穏やかに保つことには心を砕き、優しい人であったようにも感じる。

(もしかして〝菫の君〟は、公爵夫人の妹さんか何かだったのかしら? まるで恋人のように大切にしていたのね)

シャルロッテは時間を忘れて読みふけり、ノックと合わせた「失礼します」というクリスの声で我に返った。

クリスの入室を求める声に、グウェインが即座にドアを開けに向かう。

ドアを開ければ礼儀正しく腰を折るクリストフの姿が現れる。

「おねえさまがこちらにいると伺いました。執務中に失礼します」

「いらっしゃいますよ。さ、中へどうぞ」

剣術の授業が終わり、もう着替えを済ませた様子のクリストフ。グウェインの案内でシャルロッテのそばにやってくると、ひょいと肩をすくめてこう言った。

「夕飯の時間ですので、知らせに参りました」

「わ! もうそんな時間っ?」

シャルロッテは慌ててソファから立ち上がり、シラーの机に近寄った。続きを読む機会があるかは分からないが……と思いつつ、読みかけの日記をじっと見つめどこまで読んだかを記憶する。パタリと閉じてシラーへ差し出した。

「お義父様、ありがとうございました。大変勉強になりました」

コクリと頷いて、顎で置くように示されたので机の端にそっと日記を置いた。

名残(なごり)惜しそうに日記を見ていたせいだろうか。下がろうとするシャルロッテに、シラーは声をかけてくれた。

「また続きを読みに来ていい。途中だろう」

「いいんですか！」

「いいから、いいと言っている。無用に聞き返すな」

優しい！　と思った矢先にズバンと切られて引きつった笑みを浮かべるシャルロッテ。

クリストフがこちらをじっと見つめているので、待たせている事実を思い出し「失礼しました」とだけ述べて頭を下げておく。

ドアまで歩けば、グウェインが笑みを浮かべて「次はいつ頃いらっしゃいますか」と問うてきた。

（まあ、お義父様の都合もあるわよね……。次……いつがいいのかしら）

とっさに返せず、思考が停止するシャルロッテに代わりクリストフが口を開いた。

「おねえさま、明日の夕飯後はどうでしょうか」

「そうね。いいでしょうか？」

グウェインに向けてか、本丸のシラーに向けてか、敬語で問いかけるシャルロッテ。

すると奥の机から、まさかのシラーから返答があった。

「かまわない」

「だそうですので、明日もお待ちしております。坊ちゃまも何か読みたいものがあれば、ご用意致しますのでご一緒にどうぞ」

グウェインが笑顔でクリストフに頭を下げるのを視界の端に捉えながら、シャルロッテはシラーを見つめていた。

シラーはクリストフを見ていた。

クリストフもまた、シラーを見ていた。

(見つめ合うならなんか言えばいいのに……！)

視線をグウェインに動かせば、ほんの少しだけ口角を上げてその様子を見ている。特に何かを言う気はなさそうだった。

やきもきしながらそれを見るが、誰も何も言わないし動かない。

(あー、もうっ)

シャルロッテは軽くスカートをつまんで退室の挨拶をした。

「ではまた明日、クリスと共に参ります。失礼いたします」

「失礼します」

クリストフは特に反応なく、グウェインにエスコートされて廊下へと出た。

ほっと息をつくシャルロッテと、スタスタと先に歩き出すクリストフ。その背中を慌てて追いかけて並び、顔を覗き込むシャルロッテ。

「迎えにきてくれてありがとうクリス」

「いえ。何を読んでらっしゃったのですか？」

「かつての公爵夫人の日記……業務日誌ですかね、それを貸していただいていました」

「よく読ませてもらえましたね」

少し驚いたクリストフの声に、シャルロッテは首をかしげた。

「機密情報の塊みたいなものですから。まあ、おねえさまは身内ですし、読んでも問題ないと判断されたのでしょう」

(だから持ち出し禁止だったのね。ん、つまりそれってお義父様が私のこと信頼してくれてるってこと?)

シャルロッテはびっくりして「んあぁ」と妙な声を漏らしながら、何度も頷いた。

先ほどもシラーの対応は冷たかったり優しかったり、よくわからない。でもクリストフが言う通りであれば、信頼はしてもらえている、らしい。

(それなら! 勇気を出すのよシャルロッテ。明日こそ話しかけてみせるのよ……!)

小さく決意を胸に抱きながら、シャルロッテは隣を歩くクリストフの黒くけぶるような長いまつ毛を見つめた。

「クリスは何か読みたい本、あるの?」

「おねえさまと同じ物を読んでおきたいです」

「えっ、と。じゃあ、他のものがないか聞いておかないとね」

「そうですね。おねえさまが読み終わるまでは、何か他の物を用意してもらいます」

クリストフがそれで良いのならばかまわないが、過去の公爵夫人の日記などクリストフが読んでも面白いものだろうか。少し疑問が頭をかすめたが、深くは考えずシャルロッテは「歴代の夫人は皆、手記を残しているのかしら」と歩きながらこぼした。

「わかりません。明日、グウェインにでも聞いてみましょう」

クリストフは大して興味がなさそうだったが、シャルロッテの言葉にはいつも何か返事をしてくれる。やっぱり優しいなあとシャルロッテは温かな気持ちになって、食堂に入る寸前に足を止めた。

「ありがとね、クリス」

クリストフは「かまいませんが、次から夕飯の時間は忘れないでください」と紅い瞳をシャルロッテに向けてドアを開けてくれた。

「本を読んでいると夢中になっちゃうのよね」

「では、明日からは僕ができる限り付き合います」

紅い瞳がじぃっと見つめながらそう言うものだから、シャルロッテは無意識に半歩後ろに下がった。それを食堂へ入るようクリストフは手招きする。

「えっいや、そんな、悪いわ。貴重な自由時間でしょう?」

「今までも部屋で本を読んだり問題を解いたりするだけでしたので、あまり変わりません。おねえさまは集中すると周りが見えなくなります。付き添いが必要かと」

「気を付けるわ、ちゃんと。あれだったらメイドを連れて行くし」

「執務室、メイドは入室禁止ですよ」

「え」

ぐいぐい来るクリストフに押されていたシャルロッテだが、その言葉に体が固まった。メイドが入室禁止なんて初耳である。

「それって、重要な情報があそこにたくさんあるからってこと?」

「理由は分かりません。執務室はグウェインかマリー、ハイジくらいしか入室を許可されないことが多いです。他のメイドがやってきたら、基本的には廊下でグウェインが対応します」

「知らなかったわ……」

「なので僕が付き添いますので。行く際は必ず声をかけてください。良いですか」

「わかったわ」

(クリスとお義父様の交流になるかもしれないし、一緒に行くのは全然かまわないんだけれど……。貴重なクリスの自由時間を私が奪っていいのかしら)

申し訳なさそうに身を縮めるシャルロッテの手をそっと取り、クリストフは「僕が一緒に行きたいだけですから」と言ってくれた。

(な、なんていい子なの！)

じーんと感動するシャルロッテは、その手をぎゅっと握り返した。

「ありがとうクリス！　明日もよろしくね」

「はい」

無表情のままクリストフはシャルロッテの手を引き、夕飯の席につかせた。

こうして翌日から、シラーとクリストフ、シャルロッテ、グウェインの四人で過ごす時間が格段に増えることとなった。

シャルロッテは夫人の日記を渡されるままに読み、クリストフには歴代当主の記録のようなものを渡されていた。初めはシャルロッテと同じものを読みたがったが、シラーに「こちらに目を通しておきなさい」と言われて大人しくなっている。

(どう表現すればいいのかわからないけど、お義父様ってクリスの希望を最大限叶える気はあるのよね。私をプレゼントしたこともそうだし、街歩きだって許して、今だって……)

シャルロッテが一冊読み終われば、それはクリストフの手元へと渡されている。渡されれば、クリストフはぱらぱらと内容をかいつまんで読んでいる。

そしてシラーは時折、クリストフの様子を窺っている様子も見受けられた。それを和やかに見守るグウェイン。

（なぁんか、なんなのかしらコレ）

シャルロッテはモヤモヤを抱えつつも、シンと静まり返った執務室で口を開くこともできず、義父の傍でクリストフと読書する日々を重ねて行った。


「ありがとうございました」

「この代の内政で優れた点は」

「法の整備だと思います」

「法とは、具体的には何だ」

（いやもっと褒めなさいよ……！　面接じゃないんだから……！）

本からこっそり顔をあげたシャルロッテは、シラーとクリストフの会話を聞きながらモヤモヤした気持ちになった。いつもこうなのだが、シラーは子どもの扱いがなってない。シャルロッテとしては、もっとクリストフに優しくしてほしい。

（目の前で会話しているだけ、マシって思った方がいいのかもしれないわね）

初めの頃は、もっと沈黙に包まれていた。部屋に響くのは本をめくる音、グウェインとシラーの時折の会話や指示、シャルロッテのもぞもぞ動く音。本当にそれだけだったのだ。

しかし日数を重ねるごとに、お互いがお互いの存在に慣れた。

シャルロッテも、もう沈黙を苦痛には感じていない。緊張はしているが。

夜になるとシラーのいる執務室で本を読むようになって、早いもので数か月経過していた。貸してもらえる本が面白いこともあり、シャルロッテはこの時間が嫌いではなかった。

夕飯後に執務室へ集合し、一刻ほど時間を過ごしている。

主には持ちだせない本を借りているのだが、たまにクリストフと二人で算術の問題を解くこともあった。こんな時はグウェインが助言をしてくれたりもする。

時折、シラーは数日間どこかに行くことがあった。

初めて不在となる時、少し奇妙なことを聞かされた。

「明日から数日、家を空ける。グウェインは居るので、夕飯後は変わらず執務室へ来るように」

「分かりました」

「え……」

すぐに了承するクリストフと違って、シャルロッテは戸惑った。主のいない執務室に居るのも居心地が悪いし、わざわざグウェインにここを開けてもらうのも申し訳ない。

読みかけの本に指を挟みながら、シャルロッテは本の表紙を親指で撫でた。ざらりとした感触を味わいながら、言葉を頭の中でまとめて口を開く。

「お義父様がいらっしゃらないのであれば、この読書会……？　も、少しお休みにしてはいかがでしょうか。勝手にここを使用するのも申し訳ないですし」

「いや。いつもと変わらず過ごすように」

繰り返すシラーの顔は真剣だった。指示を含んだ強めの言葉に違和感を覚えつつ「わかりました」と絞り出すシャルロッテ。

グウェインとシラーの顔を交互に見やれば、シャルロッテの顔に浮かぶ戸惑いを悟ったグウェインはほほ笑んだ。

「旦那様の不在は、ほとんどの使用人は知りません。私もいつもと変わらず過ごしますので、お二人もそのようにお願い致します」

その言葉にぎょっとして、隣のクリストフの顔を見る。知っていたのだろうか。しかし相変わらずの無表情で、シャルロッテは何も読み取れなかった。

シャルロッテの驚く顔を見たクリストフは、ゆるく首を振った。分からない、といった所だろう。

（クリスも知らなかったみたいね。どうして秘密にしているのかしら）

再びグウェインやシラーを見るが、二人どもこちらを見るばかりで口を開こうとはしない。しかし気になったシャルロッテはもう一度クリストフを見る。こちらもシャルロッテを見ていて、口を開く気はなさそうだった。

シャルロッテは、ため息をついた。しかたない、とグウェインに問う。

「秘密にしているのですか？」

「結果的にそうですね、秘密にしているようなものですね」

自分からはしゃべらないくせに、聞かれれば答えるらしい。そんな態度にシャルロッテはイラッとして、唇を一瞬噛む。ふん、と短く息を吐いて落ち着きを取り戻す。

「なぜですか？」

「公爵家当主の不在は、あまり知られない方が良いのです」

「屋敷の中の使用人にも、その……敵がいるんですか？」

「そういったことではありません。念のためです」

「信頼はしてないってことですよね」

「いいえ、リスクを最小限にするためですよ」

馬鹿みたいに質問を繰り返すシャルロッテに、グウェインは一貫して優しく穏やかな口調で答えていく。納得がいかず「でも……」と言ったところで、シラーが立ち上がった。

「月に一度は屋敷を空ける。公爵家の当主が定期的にいなくなる、そんなことを悟られれば、様々な危機が予期できるだろう。それを防ぐためだと言っている」

ツカツカとこちらへとやってきて、ソファに並んで座るシャルロッテとクリストフの対面に腰を下ろした。

「私は毎月、数日いなくなる。二人はその間、私がいるかのように振る舞う。簡単だろう？」

「はい」

間髪を容れずに頷くクリストフの顔を見て、眉を寄せつつシャルロッテも「はい……」と答えた。

こうして、時折シラーが不在にしつつも夜の執務室で本を読む習慣は続いた。

「読み終わりました。ありがとうございました」

「次はこれだ」

読了したものを返却すれば、用意してあったのだろう次の本が渡される。シャルロッテはそれを受け取り胸に抱いて、シラーの濡羽色の黒髪を見つめたり、紫色の目を見つめたりと、視線を彷徨わせその場に立ち尽くしている。

（そろそろ言わなきゃ……！　もう言わないと……！）

本を受け取ったのに動かないのを不審に思ったのか、シラーの視線がシャルロッテに向いた。

「なんだ」

「あの……お義父様、以前その、東の国の伝来品である土鍋を戴きました。お礼が遅くなって申し訳ありません。ありがとうございます」

「あぁ、かまわん」

「それでですね、あの……」

言い淀（よど）むシャルロッテに鋭い声が飛ぶ。

「はっきり言え」

「はい！　あの、その土鍋で調理する会を持ちたいのですが！　よろしいでしょうか！」

まるで部下のような受け答えをするシャルロッテに、シラーは「かまわん」と短く投げる。

その一見冷たく聞こえる受け答えにめげそうになりつつも、本を胸にぎゅうっと抱き込んでもう一言。シャルロッテは勇気を出した。

「よければですが！　お義父様と、グウェインにも参加していただけたらなって！　あの、東の国には〝同じ釜の飯を食う〟といった言葉もありまして、一緒に食べることに重要な意味が……」

尻すぼみに言葉を失うシャルロッテを見ながら、グウェインとシラーは顔を見合わせた。シラーの瞬きにグウェインは心得たように頷く。

「ご招待ありがとうございます。調整いたします」

にっこりと笑って快諾（かいだく）するグウェイン。

シラーもこくりと頷いた。

「参加しよう。日程はこちらに合わせてもらうが」

「もちろんです！　ありがとうございます！」

（やった！　参加！　言えた！　やったよクリス！）

シャルロッテは喜びに目を見開いてクリストフの方を向く。二人で目を合わせ、シャルロッテの笑顔にクリストフは柔らかな目線を向けていた。

（あとは鍋会を成功させるだけね！）

シャルロッテの脳内では計画がぐるぐると回り始めていた。

七章　出会いはいつだって突然

「ちょっとハイジのところに行ってくるわね」

シャルロッテの声かけに、身支度の片付けをしていたメイドのローズが手を止めて「お気をつけて」とドアを開けてくれる。

「訓練場まで、おひとりで大丈夫ですか？　私も……」

「ついてこなくていいから！　敷地内だし！」

「でも……」

「いいから、片付けお願いね。すぐに戻るわ！」

心配そうに胸の前で手を組むローズを振り切って、シャルロッテはパタパタと手を振った。目指すはハイジのいる訓練場。同じ敷地内とはいえ、少々距離がある。

早朝から訓練をしている護衛のハイジを捕まえるために、シャルロッテはわざわざ早起きをしていた。

（お鍋の具材に、キノコを入れたいわ！　すっかり忘れてたっ）

シャルロッテは〝鍋会〟のために、これまでにも東の国にパイプを持つハイジと細かく打ち合わせをしてきた。土鍋を使用してお鍋をするために『材料揃えてお届けしますね〜』と請け負ってくれたハイジに、色々と聞きながら注文をつけていたのだ。

「頼めるものは頼んでおこう！　当日、みんなに好き嫌いを確認しながら具材入れていけばいいよね！」の精神で、思いつくままにハイジの下を訪れては、あれやこれやと注文の品数を増やしていた。

（お義父様たちがゆっくりと時間がとれるのは二週間後、意外とすぐだったわ）

朝の爽やかな空気はひんやりとシャルロッテの頬や首を撫で、シャンと背筋が伸びて気持ちがいい。頭もクリアになっていくようだった。

「あっ、もう着いた」

考え事をしながらだったので速足になっていたシャルロッテ。

公爵家の護衛たちが各々訓練をしている中にハイジの姿を探すが、見当たらない。そこに居るのは太い腕に焼けた肌だったり、刈り込まれた頭に太い首だったり、パンパンの太ももだったりする、ムキムキの男ばかり。いくら見渡そうとも、ひょろりとした細身の男など一人もいない。

とりあえず呼んでみるかと、シャルロッテは手を口の両側に添えた。

「ハイジー！　ちょっといいかしらー！」

お嬢様であるシャルロッテの大声に、バッと視線が集まる。筋肉の勇ましい男たちの目、目、目。

シャルロッテはそれを受け流し、薄く笑みを浮かべて「ハイジー！」と名前を繰り返した。

すると、何人かの視線が違う方向へそらされる。そちらを目で追えば、ひょろりと背の高い糸目の男が走ってシャルロッテのところへやってくる姿が見えた。

「ハイジ！」

「おはようございます～、早起きですねぇ」

「ハイジにお願いがあってね」

「はいはい～」

いつものゆるいハイジの声に、シャルロッテはほっと息をついた。筋肉ダルマたちの視線は結構痛かったのだ。

ハイジに「具材追加で、キノコも」とお願いをすれば、にっこりと笑って快諾してくれる。

「間に合ってよかったですねぇ。もしまた思いついたら、今日の夕方までに教えてください～」

「もう大丈夫！　多分！」

実は、食材の最終的な発注は今日までと言われていた。

昨夜シャルロッテは鍋の具材の最終確認をして、そしてキノコを頼み忘れたことに気が付いて大慌てしたのだ。夜だったのでハイジにその場でお願いすることはせず、早起きをしてハイジのところへとやってきた。

「キノコはこっちで選んでおきますんで～」

「お願いね！　訓練の邪魔してごめんなさい、また！」

訓練場には段々と人が集まり始め、筋トレやストレッチなどを開始し賑やかになっていた。端っこの方で話をしていたが、シャルロッテに気を遣ってか周囲には人が近寄ってこない。訓練場の奥の方にぎゅうぎゅうと筋肉が集まっているのを見たシャルロッテは、さすがに申し訳ないと思って早々に退散することにした。

「おひとりで大丈夫ですかぁ？　お送りしますよ～」

「ひとりで来たのよ。戻るのも全然平気！　訓練してきてちょうだいっ」

ハイジに手を振って別れを告げたシャルロッテ。

来たときよりも幾分かゆっくりとした足取りで邸宅への帰り道を歩く。行きに急ぎ足だったこともあり体が温まっていた。陽も先ほどより明るさを増しており、シャルロッテは楽しい気分だった。ちょっと歩いては花を愛で、鼻歌でも歌い出しそうな様子である。

「ん？」

その時。シャルロッテの耳が、遠くで響く人の声を捉える。

足音、馬の声、人の声。方向としては城門だろうか。

段々と大きくなって……。

（近づいて来ている？）

そう思った時には、すでにざわめきが〝声〟として認識できるほど近づいていた。

馬の足音が止まって、ガチャガチャとした金属の音が響く。おそらく馬車が止まったのであろう。

シャルロッテがそちらの方へと足を向ければ、ドアの開く音、貴婦人の履くヒールが石畳をカツンと叩く音が続く。

誰かが馬車を降りたようだ。

「……く様、まだ……です……！」

「いいの……い……歩かせて……」

シャルロッテは好奇心に突き動かされて、足音を殺すようにして花壇の間を縫って歩く。小さい背丈をさらに屈めて、花に隠れるようにしてそっと近づいていった。息を殺して、頭だけをのぞかせて様子を窺う。

「しかし、旦那様にもご連絡されていないのですから！」

「シラーはびっくりするかしら」

「それはもう喜ばれるかと思いますが、先触れが参りますので、馬車でお待ちくださいませ！」

「すぐにシラーに会えなくてもいいのよ、ちゃんと待てるわ。でも、家の中で待ってもいいでしょう」

そこには、黒髪の豊かな美女が居た。

メイドの格好をした付き人があわあわと両手を出してとどめようとするのを、困ったように頬に手を当てて眺めている。

（え、いま、え？　お義父様のこと、シラーって呼び捨てにして……？）

シャルロッテは耳の奥が塞がったような気がした。その若い女の姿に見覚えはなく、自分が取るべき行動が分からなかった。望まれざる客人だろうか。それとも、お義父様とかなり親しい間柄の客人なのだろうか、判断がつかない。

混乱したシャルロッテは、もう少しだけ、と首を伸ばして様子を見ようとした。白金の髪が光を反射して輝きながらサラリと揺れたことに、本人は気が付かなかったが……。

美女の顔が、こちらを向いた。

その金色の猫のような瞳がくるりと動いて、シャルロッテの視線と絡まる。

「あら」

美女の声は、大きくはないのに不思議とよく響いた。

絡まる視線、響く声。慌てるシャルロッテに、たおやかな微笑みを浮かべる美女。

（み、見つかっちゃった！　どうしよう！）

美女は、日傘を差し出す使用人の脇をすりぬけて、ゆっくりとこちらへ向かって歩いてくる。

（どうしよう、どうしよう！）

盗み見ていた罪悪感から、思わず半歩下がるシャルロッテ。そんなことはお構いなしに、美女はどんどん近づいてくる。彼女はウェーブする黒髪を胸まで下ろしていて、猫のような黄金色の瞳が印象的だ。華奢で、触れれば折れてしまいそうなほどに腰が細い。

顔立ちが派手で美しいわけではないが、知性のにじみ出た顔と気品に溢れた華やかさが彼女にはあった。

そんな美女が、シャルロッテの目前まで迫ってきて。

「ご、ごめんなさいっ」

「いいのよ、びっくりさせてごめんなさいね」

そっとしゃがみこんで、目線を合わせてくれる。

シャルロッテは縮こまっていた体をゆるめて、美女と向き合い話を聞く姿勢をとる。しかし、日傘を持ったメイドが追いかけてきて「エマ様！」と叫ぶ声に再び肩が跳ねた。

シャルロッテを、なぜか焦ったような顔で見つめてくる。そんな彼女の名前は、エマというらしい。

「ちょっとだけ、静かにしててくれるかしら」

エマが振り向いてたしなめるも、メイドは「長い移動でお疲れなのですから、馬車にお戻りくださ い」と言って聞かない。

「それでも、旦那様からのご連絡があるまでは馬車で休まれてください」

「大丈夫、疲れてなんかいないのよ」

「ですが……」

「外の風に当たるほうが、すっきりしていいわ」

メイドと押し問答している間にも、チラチラとシャルロッテの表情を窺うエマ。シャルロッテはなぜこんなにもエマがこちらを見てくるのかわからず、へらりと笑って濁す。どうぞゆっくりお話しされてくださ い、といった心持ちだ。

しかし何に焦れたのか、エマはふん、と少しばかり拗ねたような表情でメイドを制した。

「もう！　ちょっとこの子と話がしたいのよ……馬車でするわ。それならいいでしょう」

仕方なく、といったふうにエマが言えば、ようやく声を落としたメイドが「それでしたら」と日傘を差しながらエマを馬車へと連れ戻そうとした。

「ごめんなさい、一緒に来てくれるかしら？」

「あ、はい」

反射的に頷きエマの後ろを歩き始めるも、シャルロッテの脳内ではグルグルと考えが渦巻いている。

（この人の馬車なんかに乗って大丈夫なのだろうか。危ない目に遭わない？　屋敷の大人に知らせなくていい？　でも、お義父様のこと呼び捨てにしているし……悪い人ではなさそうかな）

それでも、やっぱり。

シャルロッテの中の危機管理能力が足を止めさせた。

「あ、あの！」

メイドと、エマが振り返る。そこにはシャルロッテの不安げな顔があった。

「その、お義父様……シラー様と、お知り合いなんでしょうか」

「なっ！　失礼な！」

いきり立つメイドを、エマが細い手で制する。

メイドの声に肩を跳ねさせたシャルロッテは、この人苦手だなぁと軽く眉を寄せてメイドを見た。

失礼と言われても、分からないから聞いているのだ。『知らない人にはついて行かない』なんて、この世界では常識ではないのだろうか。

（こっちはいたいけな幼女なのに、なんでそんなに睨むのよ。大人げないわね）

「私のメイドがごめんなさいね。私の旦那様がちょと心配性で……仕事熱心ないいメイドなの、許してあげてちょうだい。私がヨチヨチ歩きの頃から、シラーとは知り合いよ。もともと縁戚なの。ホラ、髪の色が一緒でしょう」

豊かな黒髪をすくって揺らしてみせるエマに、シャルロッテは「あ」と声を漏らす。そして、目を見開いてコクコクと頷いた。前世の記憶に引っ張られて忘れがちだが、この世界で真っ黒な髪は珍しいのだった。

見るからに親戚なのに「お知り合いなんですか」と言われれば、メイドがいきり立つのも仕方あるまい。シャルロッテはメイドとエマに頭を下げた。

「シラー様もグウェインも黒髪なので、見慣れてしまっていました。ご親戚の方とは知らず失礼しました」

礼儀を尽くして頭を下げ続けるシャルロッテの視界の外で、メイドが再び眉を吊り上げていたが、エマが再び手を上げて、微笑みで押しとどめていた。

「ふふふ、いいの。怪しい人じゃないって分かってもらえた？」

「はい」

「頭を上げてちょうだい。さ、こちらへ来て」

見るからに高級そうな馬車に乗り込み、ふんだんにクッション材が使用されていてふかふかの座席に対面で腰を掛けた。メイドは納得いっていなさそうだったが外で待たされているため、馬車内はエマとシャルロッテの二人きりだ。

「なんて呼んだらいいかしら」

「シャルロッテ・レンゲフェルトです。シャルロッテと呼んでください」

「シャルロッテね。私のことは、とりあえずエマって呼んでちょうだい」

「エマ様ですね」

シャルロッテがあえて家名であるレンゲフェルトを名乗っても、動揺や疑問といった表情は出ていない。シャルロッテの存在……公爵家の内部事情も、ある程度知っている立場なのだろう。

（いったいどんな用事で朝っぱらから……。よっぽど急ぎなのかしら）

「私がここで待つ間、少しだけおしゃべりに付き合ってほしいの」

「わかりました。お付き合いさせていただきます」

「ありがとう！　ねえ、あなたから見て、シラーってどんな人かしら」

「お義父様ですか……」

エマから発せられるまさかの質問に、シャルロッテは言葉に詰まった。公爵家の親戚だというし、これは慎重に答えるべきだろうとつばを飲み込む。

「公爵家のご当主にふさわしい、素晴らしい方かと」

「あー、そうではなくてね。もうちょっと、内面とか……どうかしら？」

「……根はお優しい方だと思います」

考え込んだシャルロッテの絞り出した声に、エマが眉根を寄せた。シャルロッテに変な焦りが生まれる。どうしてエマがそんな顔をするのだろう。

シャルロッテは、慌てて口を開きながらエマの表情を窺った。

「その！　お願いすればお断りされることもありませんし、面会もお時間とってくださいます。えっと、まだ笑顔は拝見したことないんですけど」

「えっ！」

「え？」

二人は顔を見合わせた。

シャルロッテが濁すかのようにへらりと笑みを浮かべれば、エマは「なんだ、冗談よね」と可愛らしい笑顔で安心したように息を吐く。少し緊張していた様子だったが、肩の力が抜けたようだ。

「ふふふ、シャルロッテは面白い子ね」

（いや、本当ですけど……）

シャルロッテは口に出さずエマを観察する。知的で儚げな美人だ。笑うと少女めいて見えるし、まだ若いだろう。シラーとは幼馴染（おさななじみ）のような関係らしい上に、話しぶりからしても悪い人ではなさそうである。

とりあえず解放されるまで話を聞くか、とシャルロッテは腰を据えた。

「じゃあ、クリストフはどう？」

「とっても優しくて、賢くて、できた弟です。毎日授業を一緒に受けているんですが、頭が良くて先生たちを唸らせています」

「そうなの。優しくて賢いのね」

「はい。いつも助けてもらってます」

「仲良しで安心したわ」

エマは自分の両手をぎゅっと合わせてにぎっていたのだが、その手をほどいて、にぎって、ほどいてと繰り返し動かした。

シャルロッテの目線がそちらに向くと「ああ、いや」とごまかすように手を前に突き出して振って見せる。

「じゃあ、あとは……奥様、はどうかしら？」

「奥様？」

「いやその、クリストフのお母様……」

シャルロッテは一度「あぁ」と短い声を漏らして、その言葉を受け止めた。

そして頭をフル回転させて考える。

（え、死んでるんじゃないんですか。とは言えないし、故人のことですか？　生きてるんですか？　とも言えないし……）

うんうんと内心唸ってひねり出した言葉は。

「あまり存じ上げないです。誰も話をしてくれなくて」

「そうなの……」

無難な言葉を選んだつもりだったが、目に見えてエマが落ち込んだ。しゅんと肩を落として下を向き、再び手を握り合わせている。

「あ、あのっ、もしご存じだったら、教えていただけませんか」

「え？」

「奥様のこと、知りたいんです」

「そう……？」

猫のような金色の瞳が、少し嬉しそうに輝くものだから。

シャルロッテは可愛い人だなと感想を抱くも口には出さず、エマをじっと見つめた。

「私が知っている、クリストフのお母様のことを話すわね」

「ぜひお願いします」

「まず、伯爵家の一人娘よ。家名はラヴィッジというの」

「えっ、でも」

（一人娘ですって？　それじゃあ、家は誰が継ぐのよ。しかも公爵家とは家格が離れてる……）

シャルロッテは思わず声が出た様子で、両手を当てて口を塞いだ。人の話は最後まで聞いた方が良いに決まっている。しかも相手は公爵家に縁のあるお貴族様。窺うように上目遣いでエマを見て、頭を下げる。

「すみません」

「私にかしこまらなくていいの。いいのよ。ね、言ってちょうだい」

なぜか親し気な笑みを浮かべて許してくれるエマに、おずおずとシャルロッテは言葉の続きを発した。

「その、後継ぎとかどうするのかなぁって」

「普通は気になるわよね。実は、色々あったのよ」

エマが語った内容は、シャルロッテには衝撃的だった。

クリストフの母、シラーの妻となった方だが、なんと初めは違う人と婚約をしていたそう。彼女は入り婿をとって家を継ぐはずだったが、なんと相手が別の方を愛してしまってご破算に。その時、慰め支えてくれたのがシラー。二人の間には愛が芽生えた。一人っ子同士の結婚ということで家督の問題もあったが『子どもを二人はもうけてどちらの家も継がせる』という約束でシラーが周囲を説き伏せたらしい。

「大恋愛だったのですね！　素敵です」

「そ、そうね……」

うっとりとした表情で頬を手で包み、人生で初めてに近い恋バナにテンションをぐんぐんと上げるシャルロッテ。しかも対象が身近な人だ、興奮しない理由がない。

「お義父様のことだわ、ずっとその人のこと好きだったんじゃないかしら！　チャンスを待ってたんだわ。じゃないと、最初からそんな優しくしないと思うんです。ね？　そう思いませんか？」

「そ、そうかも……しれないわね……」

視線をそらし、窓の外を見やるエマ。うっすらとその頬が紅潮している。

「暑いですか？　ドアを少しを開けましょうか」

「え？　いえ大丈夫よ。ありがとう」

視線をこちらにちらりと戻すが、顔は横を向いたままだ。普段のシャルロッテなら違和感を抱いただろうが、今彼女はそれどころではなかった。

（お義父様が、あのお義父様が……！　恋愛結婚だったなんて！　しかも色々と障害のある愛！冷静に切り捨てそうなのに、本当は情熱的な男なのね！）

楽しくてしかたがない気持ちで、いっぱいいっぱいのシャルロッテ。

はしゃぐ彼女をしばらく眺めたエマは頬の赤みも落ち着き「でも……」と言葉をこぼす。

「いいことばかりじゃないのよ。社交界でこの話は有名だから、クリストフや……あなたも、いつか苦労しないか心配だわ」

「こんなロマンティックな話、素敵じゃないですか！」

「そうだといいのだけど、良くも悪くも有名な話になっているから」

「良くも悪くも？」

エマは少し間を置いてから、口を開いた。

「予想外に早く、ラヴィッジに家督の問題が起きてしまったの。口さがない人たちには、やっぱり最初から無理があったのだから別れたほうがいいとか、公爵家のために伯爵家が潰れるのはしかたないって言われたり。家督をめぐって親戚もしゃしゃり出てきてしまって人間関係も崩れたりね……」

（大恋愛の末『幸せに暮らしましたとさ』じゃ、現実は終わらないのね）

現実ならばそんなこともある、と訳知り顔で頷きながらエマの話を聞くシャルロッテ。

愚痴（ぐち）めいた『その後の話』を続けるか迷っているのか、エマの口が数度、開いたり閉じたりを繰り返した。

「公爵家にはクリストフしか子どもがいないでしょう」

「そうですね」

今までの話で、思い当たることがあった。

シャルロッテはエマの話を聞いて興奮する一方、頭の片隅でずっと考えていたことがある。

二つの継ぐべき家督。治めるべき領地。クリストフは一人息子で、奥様はいない。

冷静な大人の自分が脳内で囁くのだ。

（私、クリスのためのお姉ちゃんじゃなかった……？）

別に伯爵家を継ぐために引き取られたとしても、嫌な気持ちはない。

(奥様が生きてるか死んでるかわからないけど、子どもを望めないいんだわ。だから、養子が必要だった。だから、引き取ってくれたってこと、だよね)

ただ、何の理由も告げられていなかったのは、少しばかりショックだった。シャルロッテは言ってくれればよかったのにと、膝の上で手を握りしめる。

「誤解させたらごめんなさい」

シャルロッテの固く握りしめられた手を、ほっそりとした指が柔らかく包んだ。親指で手の甲を撫でるようにしながら、優しくエマは声をかけてくれる。

「あなたを迎え入れたのは、クリスの望みもあったし、あのまま放っておけないってシラーと話して決めたのよ……あ、奥様とシラーがね」

不安げに紫の瞳を揺らがせるシャルロッテを安心させるように「家を継がせるためじゃないわ。誤解しないでね」と強い言葉を重ねてくれるエマ。

「そう……なんですか？」

「そうよ。将来のことを決める時には、きちんとあなたの意思を尊重する」

柔らかくもぎゅっと、包み込まれた手が温かい。

「って、シラーが言ってたわ」

おどけたように口の端を上げるエマに、シャルロッテは「お話遮ってすみません」と照れたように白い頬を染めた。包まれた手を見て「ありがとうございます」と笑顔をこぼす。

「いいのよ。私こそ、話し方がよくなかったわ」

エマはシャルロッテの安心した笑顔を見て、ホッと内心で息をついた。

「手も、いきなり握ってしまってごめんなさいね」

そう言ってエマの手はそっと離れて行ったが、シャルロッテは首を横に振りながら、なんと言っていいか分からず、ただただ笑顔を浮かべた。

(優しい、素敵な人だなぁ。私なんかの心にも気を配ってくれて……。こんな人がクリスのお母様だったら、きっとゲームの黒幕であるサイコパス野郎になんかならないだろうに)

手に残るぬくもりを握りしめながら、シャルロッテは一人そんなことを考えていた。

二人はしばらく微笑み合い、エマがコホンとわざとらしく咳払いをして「奥様の話よね。えっと、それで」と仕切り直しをした。

「産後があまりよくなかったのよ。次の子どもは間を置くように医者に言われて……そうしたらその間に、問題が起きたわ」

「それは、どんな?」

「ラヴィッジの領地で水害が起きてしまったの」

エマの話はこうだった。巨大な竜巻が海からやってきて、津波、大雨、河川の氾濫といった水害がラヴィッジの領地を襲った。災害後というのは、感染症が発生しやすい。現地入りをして陣頭指揮をとっていた伯爵も病に倒れ、帰らぬ人となってしまった。ショックで伯爵夫人もふさぎ込み、一人娘として領地経営のために実家に戻ることに決めたという。

(それは大変だし、しかたがない、かな……)

シャルロッテはひとしきり聞いた後、感想とも、続きを促すようにも聞こえる言葉を選んでこう言った。

「それって、すごく大変なことですよね」

「ええ。跡を継ぐために教育を受けていたとはいえ、いきなりの領主代行に今もかなり苦労しているわ。しかも、幼い我が子とは離れ離れ」

シャルロッテは一瞬固まって、もう一度脳内で言葉を繰り返す。『今もかなり苦労しているわ』とエマは言った。つまり。

（奥様ってご存命ってことだよね、変なこと言わなくてよかった……！　セーフ！）

シャルロッテは内心で胸をなでおろし、余計なことを言わなかった自分を盛大に褒めていた。影を背負った表情のエマはどこか苦しそうだが、シャルロッテはそれに気が付かない。

「どんな理由があれ、幼い我が子の傍にもいてやれないなんて、母親失格だわ」

「クリスを連れて行くのはダメなんですか」

「他家の領地で、公爵家の嫡男を育てるなんて認められると思う？」

「確かに」

思わず納得したシャルロッテ。しかし必死に言葉を探す。なぜか〝奥様〟に否定的なエマを不思議に思いながらも、一応自分の義理の母でもあるので擁護(ようご)する方向で話を進める。

「でも！　大貴族の育児って、使用人に任せっきりって聞いてます」

「確かに、母親なんて居てもいなくても一緒かもしれないわね」

シャルロッテは言葉に詰まって、ことさらに明るい声を意識して擁護を強めた。

「あの！　領主代行が領地を離れるのが難しいって、クリストフなら分かっていると思いますよ。

本当に賢い子なので」

「シラーは毎月会ってるのに？　それでも納得するかしら？」

「え……」

（お義父様は、毎月奥様に会ってる？）

初耳の情報にしばらく固まるシャルロッテだが、ピーンと何かが繋がった。

毎月不在になるシラー。必要な二人目の子ども。連れて行ってもらえない、クリストフ。

（あ、なるほど……！　毎月居なくなるのはそれか）

シャルロッテの脳内で、点が線となり繋がっていく。脳内の大人だった部分は、まだ知らぬはずの知識で納得をした。しかしシャルロッテ自身の感情としては『怒り』がふつふつと湧き上がってくる。ゲームでクリストフが愛を求めてサイコパス化したのも、そうやって孤独を押し付けられたせいではないだろうか。小さなクリストフが、シャルロッテもいない屋敷でひとりぽつんと佇むところを想像して、ぎゅうっと胸が締め付けられる。

（クリスも連れて行って、日中だけでも家族で過ごすとか、できることあるでしょうよ……！　この数か月、そんなそぶり全然なかったじゃない……！　なによ……！）

クリストフを連れていかれない理由は、公爵家の当主と後継ぎが同時に毎月領外へ出るのはよくないとか、不在を隠せないとか、大人の事情で一緒に過ごせる時間は短いとか、色々と思いつくことはある。あるにはある。本当のところは知らないが。

（もしこれで奥様と二人の時間が欲しいからって連れて行ってないなら、あの澄ました横っ面ひっぱたいてやる……!!）

シャルロッテの目は据わっていた。胸の奥のマグマのような感情を抑えて、エマに問いかける。

「なんで、クリスのこと連れて行かないんですかね……？」

「災害後は道路状況も悪くてね。衛生状態も治安もよくなかったの。そんなところには子どもを連れていけないわ。それに、災害処理で忙しすぎて家族団らんをする時間なんてなかった」

「……じゃあ、今は？　まだそんなに落ち着いてないんですか？」

「昔にくらべれば安定したわね。ただ普通は、公爵家当主であるシラーが他の領地に定期的に行くなんてことありえないのよ」

「ふぅーん……」

（この人を責めてもしかたない。関係ないんだから……）

シャルロッテは息を吸って、そして怒りを逃がすように吐いた。

一応の理由を受け止めつつも納得がいかないのだ。シラーがいいなら、クリストフだっていいだろう。グッと眉間に力を込めて堪えるも、感情が高ぶって泣きそうだった。顔を少し伏せて気取られないようにすれば、エマはしばらくの沈黙の後に再び話し始める。

「それに、ずっと会ってない母親のことなんて、もう忘れてるはずだわ」

その言葉に、落ち着けていたシャルロッテの感情にカッと火が付いた。

「だったら！　今すぐにでも会えばいいでしょ！」

「今更、お母様のところへいらっしゃいとは……厚かましくて言えやしないのよ」

「言わない方がよっぽど悪いと思いますけど！」

自嘲気味なエマに対し、間髪入れずに強い口調で返していくシャルロッテ。しばらくエマを上目遣いに睨んでいたが、目をつぶって軽く首を振った。

「すみません、熱くなりすぎました」

必死に怒りの感情を鎮めて、鎮めて、頭を下げる。

そんなシャルロッテの頭上に、エマの抑えたような「私ね」という、ちょっと低い声が落ちた。

「申し訳なくて、合わせる顔がないの」

八章　陽だまりの方へ

（ああ、この人が……）

目線とともにゆっくりと顔を上げたシャルロッテは、エマの目を見つめた。金色の瞳は涙に滲んで、今にも溢れそうに涙が目のふちにひっかかっている。

よく見れば目の形が似ているなと、頭の冷静な部分がささやいた。

「クリスが自分のこと、いらない子だって思ったらどうするんですか」

「そう、そうよね……」

ぽろりぽろりと零（こぼ）れる涙を、ぬぐうこともせず膝へと落としていくエマ。

つられて湧き上がる熱は眉間で堪えて、自分は泣くまいとしながらも、シャルロッテは言葉を重ねていく。

「仕事してる時とか、クリスのこと気になるでしょう」

「ええ、ええ。ずっと気にしてるわ」

「これからは、クリスの話をちゃんと聞いてくださいよ。これからずっと」

「でも、ラヴィッジを捨てることもできないの」

「それでも！　何度でも来て、一生かかっても聞いてくださいっ」

ついに涙腺（るいせん）が崩壊して、シャルロッテの頬をぼろりぼろりと涙が滑る。


「クリスのこと、ちゃんとわかって……」


思い出すのは、自分の母のこと。

いつも笑顔で、シャルロッテの一番の味方だったあの人のこと。

クリストフに母親の存在が必要なんてこと、どうして母親が分からないのだろう。悔しくてあふれる涙を、これ以上はこぼすまいと手の甲でぬぐってエマを見据える。

「クリストフは、聞かせてくれるかしら」

「自分で聞いてください！」

「そうよね、やってみるわ。一生かかっても。話を、しようって……」

本格的に泣き出したエマは、声を押し殺していた。顔を覆って背中を丸める姿に、シャルロッテの激情は穏やかになっていく。

エマのすすり泣く声と、シャルロッテの時折鼻をすする音だけが、馬車の中に響いていた。

ひとしきり泣き終わったのだろう。エマが顔を上げて、シャルロッテとやっと目が合った。

シャルロッテはエマに、にやりと笑みを浮かべて手を伸ばす。

「ほら、行きますよ！」

「えっ！　あ、ちょっ」

立ち上がるなり手をひっぱり、ドアを開け放ち転び出るように馬車を降りる。日差しは先ほどより強くシャルロッテの目に刺さり、一瞬目を細めて立ちどまれば、行く手をメイドに遮られた。

「何をしているんですかっ」

（お義父様から守るように言い付けられてるんだから、そりゃ来るわよね……！）

小さな胸を張ってシャルロッテはメイドに堂々と対峙（たいじ）した。

「どいてください。私はシャルロッテ・レンゲフェルトですよ」

「私は奥様にお仕えしていますっ、馬車に戻ってください！」

「娘と母の交流を邪魔するんですか？　メイドのあなたに止める権利はありません」

好戦的なシャルロッテの言葉に、おろおろとしたエマの気配を背中に感じる。そこでメイドはエマの顔を見たのか「奥様っ、お、お泣きにっ⁉」とひきつった声で叫んだ。

エマは手を振って「これは、その、大丈夫なのよ」と微笑むが、メイドはますます眉を吊り上げてシャルロッテを睨み付けた。

「あ、あなたねぇっ！　旦那様が黙ってませんよ！」

「お叱りならお義父様から直接受けます。そこ、どいてください」

「奥様に何を言ったのです！」

絶対に引かない、というメイドの強い意思を感じたシャルロッテは短くため息をついた。このメイドも、エマのために必死なのだろう。悪い人ではなさそうだと踏んで、シャルロッテはある作戦に出た。

（ごめんなさい！　でも、今までずっと問題を放置してたんだから、今は口を挟まないで！）

ただ顎をつんと上げて、目で語る。

「朝食をご一緒するのよ。お義母様のお腹が空いていらっしゃるのに……あなた、それを邪魔したりしないわよね？」

笑みをうかべて小首をかしげ問うシャルロッテに、メイドは押し黙った。

どうせこの人はお義父様の駒だろうし、ゴリ押しでいこうと一歩足を前に踏み出して「どいてくださる？」とシャルロッテは繰り返した。

しかし、メイドは退かない。こちらに向かってこそ来ないが、通り道の真ん中に立ったまま、シャルロッテとエマを見つめて動かないつもりのようだった。

「旦那様がお迎えにいらっしゃるまで、奥様は動くべきではありません」

「クリスと朝ごはんを食べるの！　母と息子の時間を邪魔しないでください」

メイドだって、クリストフとエマの関係性には思うところがあるのだろう。吊り上がっていた眉は瞬く間に下がっていき、少し戸惑うような顔をして、目線を二度三度と泳がせて逡巡している。

すると意外にも、後ろでオロオロとするばかりだったエマが小さく声を上げた。

「あのねっ……、私、行きたいの。お願い。クリスに会いたいの、このままじゃダメだって思うから……お願いよ」

思わず振り返れば目いっぱいに涙を溜めたエマが胸の前できゅうと片手を握って、メイドに向かって頭を小さく下げ「お願い、お願い」と繰り返す。

それに明らかにうろたえたメイドの顔を見て、ここが落とし所だ！　と、シャルロッテは畳みかける。

「あなたは止めたけれど、私が無理を言って連れて行った。そう言ってくださってかまいませんので。お義母様のためを思うなら、通してください」

その言葉を聞いて、メイドはシャルロッテに目礼をした。そうしてすっと脇に引き、頭を下げる。

「では、食堂に向かいます」と告げ、エマの手を引いて再び歩き出した。

ずんずんと歩みを進めるシャルロッテは、玄関に差し掛かる前に一度、ちらりとエマの顔を振り返って見た。視線に気が付いたエマは「ありがとう、シャルロッテ」と弱々しい笑みを浮かべる。

「シャルでいいです」

ふいっと前を向きながら、歩みを止めることなく告げるシャルロッテ。

「私のこと、お義母様って呼んでくれてありがとう」

「いえ、勝手にすみませんでした」

「本当はね、今日は私、シャルに会いに来たのよ」

その言葉に立ち止まり、振り返って繋いだ華奢な手の先を見つめる。シャルロッテが視線を上げれば、相変わらず微笑んでいる金色の瞳。

「無理を押してでも『登城する前に公爵邸に寄るわ』って、押し切ったの。本当はクリストフの顔を見たいけど、もし拒否されたとしたって『新しい娘の顔も見ないといけないし』って、自分に言い聞かせてね、それでやっと、ここに来られたの」

（じゃあ、本当は、クリスはいつ母親に再会できたのかしら。私がいなければ、いつ？）

思考が傾きかけるのを首を振って追い払う。原作であるゲームのクリスの幼少期なんて、いくら考えたって分からないのだ。

「そう、だったんですか」と、シャルロッテは途切れながらも返事を絞り出す。

「夜明け前に家を出たわ。できるだけここに居られるようにと思ったのだけれど……それほど長くは居られない」

よく見れば、うっすらとエマの目元にクマが見える。

「エマさ……お義母様、お疲れじゃないですか？」

「馬車の中で仮眠をとったわ。大丈夫よ」

「そうですか」

短い返答をしながら、歩き出す。

完全に納得したわけではないが、分からないわけでもない。エマに対する憤りはもう静まっている。シャルロッテはエマにバレないように、鼻からふん、と息を吐いた。

（臆病な人……私なんて言い訳がなくったって、どんな無理をしたって、息子に会いに来るべきでしょうに）

この時間ならもうクリスは食堂だろう、とあたりをつける。玄関から直接食堂へと向かおうとすれば、すれ違う使用人の驚いた顔、顔、顔。あまりにこちらを見るものだから、失礼ね！　とシャルロッテは周囲を厳しい顔で見回して視線を散らす。

「でもシラーったら、私のこと何もシャルに話してなかったのね」

拗ねたような声のエマに、まさか『死んでいると思っていたので何も聞きませんでした』とは言えまい。

「あー、聞かない私も悪かったです」

シャルロッテはしれっと答えて、食堂のドアに手をかけた。

ガチャリとドアを開けて入れれば、クリストフの視線がシャルロッテに向く。

「おねえさま、どうされたんです、か……」

クリストフの視線が、シャルロッテから、後ろのエマへと滑る。

クリストフの言葉が途切れてしまうその時に「クリス！　今日はスペシャルゲストと朝ごはんよ！」と、シャルロッテはいやに明るいトーンで声を響かせた。

サッとエマの手を引いて、クリストフの近くまで連れて行く。

見つめ合うばかりで言葉を失う二人。

にんまりと笑みを浮かべて「クリス！　誰か分かる？」と、けしかければ。


「お、かあ、さま」


小さく小さくつぶやく、クリストフの声。

エマは感極まったように「お母様よ、クリストフ」と、同じように小さくつぶやいた。

「今まで、会いに来られなくて……ごめんなさい」

そして両手を広げて、小さなクリストフの体をエマが包み込む。黒髪がカーテンのように広がって、クリストフの黒髪に重なった。

ごめんなさい、ごめんなさい、とうわごとのように繰り返すエマの背中は、ひどく小さく見えた。

「そ、れは、おいそがしいって、きいてました」

クリストフの顔を覆う黒髪のカーテンからは、クリストフの知っているような、知らないような香りがした。クリストフは手をうごかして、自分の視界を遮る女の髪の毛を整えてやる。

目を閉じてそれを受け入れ、されるがままのエマ。

絞り出すように思いを伝えた。


「ずっと会いたかった、クリストフ」


クリストフは紅い瞳を宙に漂わせ、すがるようにシャルロッテを見る。シャルロッテがにっこり笑って両手をパーにし、抱き着くジェスチャーと共に口をパクパクと『し・て』と言った。

クリストフは、そっとエマの背中に手を回した。短いその手はエマの細腕あたりを掴み、弱い力で抱擁を返す。抱きしめる温かさを、エマの香りをそっと吸い込んで、かすれた声でクリストフが言う。

「クリスって、よんで」

その小さな熱にじわりとあふれる涙は、エマの頬を伝い、床へと零れ、自身の腕も濡らしていく。

「っく、クリスの、はっ、はなしがっ、きっき、聞きた、い」

「……はい」

「げっ、げんきっ、なのっ」

「……はい」

「つ、つらいことっ、ないっか、しら」

「ありませんよ」

泣きじゃくるエマの言葉は途切れがちだが、クリストフはきちんと待っている。

どこか表情も柔らかく、短いが、ゆっくりと穏やかに返事をしていた。

（もう、大丈夫そうね）

シャルロッテはホッと息をついた。

そして、クリストフの視線がこちらにないことを確かめる。

朝日のきらめく中で寄り添う二つの黒。

抱擁をして再会を喜ぶ母子を、少しだけでも二人きりにしてあげたい。そしてもう一つの別の目的のため、そっとシャルロッテは廊下へと出る。

（あとは、待つのみ）

そしてドアの前で小さな足を広げ腕を組み、仁王の如く立ちはだかる。気分は正に守護者であった。

虚空(こくう)を見つめながら考える。考えれば考えるほど、ムカムカとシャルロッテの胸中には怒りが育つ。

しばらく待っていると上の階から足音がした。かなり急いでいる足音だ。

その足音にさえ苛立ちを覚え、シャルロッテは相当に怒っていることを自覚する。

（来たわね）

シャルロッテは気合を入れた。顎をすこし上に持ち上げ、息を吸って、そして吐いて、階段側の廊下を見つめる。いや、睨み付けるといったほうがいい表情だ。

急ぎ足のシラーがこちらへやってくるのが目に入った瞬間、シャルロッテは両手を前に出しジェスチャーで止まれと示した。

「っどきなさい、エマは中だろう」

焦燥(しょうそう)の浮かぶ表情は、いつものシラーの冷静さを欠いている。早足を止めない。後ろを追いかけてくるグウェインも同様だ。シャルロッテはそれを冷めた目で見ながら「待ってください」と声を出した。

シラーは焦れったそうに立ちどまるも眉根を寄せて、思い通りにゆかぬ苛立ちか、妻への心配か、早口でまくしたてる。

「報告は聞いた、随分(ずいぶん)勝手をしたらしいな」

シャルロッテはあえてゆっくりと、言葉を選んで投げ返す。

「お義母様のご希望を聞いただけですわ」

「白々しい……エマはクリストフに会うことに後ろ向きだったはずだ」

「そんなことありません！　怖がっていただけで、本当は会いたかったんです」

「初対面のくせに、随分と知った口をきく」

シラーは呆れたようにため息を吐き、眉間の皺を深くして「初めて会った人間を泣くまで追い詰めるのが、修道院のやり方か？」と、小馬鹿にしたような口調でシャルロッテに一歩近づいた。

「それを言うなら、ぶつかりもせずに諦めるのが公爵家のやり方なんですか？」

「状況、タイミング、人には事情があるんだ。私は、私なりに最善を選んできたつもりでいる」

「クリスには『今すぐ』お義母様が必要なんです。どうして分からないんですか」

怒りと、悲しみと、やりきれなさの混じった絞り出すようなシャルロッテの声。

シラーはもう一歩前に足を出す。

「大貴族は自分で子育てなぞしない。プロに任せてそれきり、使用人任せも珍しくない。聞いたことないだろう、おしめを替える公爵、赤子を湯に入れる伯爵、そんな話は私も聞いたことがない」

「そうじゃないでしょ……」

睨みつけるも、シラーの表情は変わらない。一歩一歩と近づき、もうすぐそこまで来ている彼は、今まで見たどんな時よりも冷たい目をしていた。

「エマを泣かせていい理由にはならない。彼女に何の非がある？　生まれ故郷を捨てさせ、夫に先立たれ弱りきった母親を見捨てさせ、幼い我が子と公爵家にずっといさせるべきだったと？」

「そうじゃないでしょ！」

あまりにも噛み合わない会話に、頭を振る。ジリジリと迫るその黒髪に何を言えば伝わるのか、シャルロッテは歯噛みした。

「お義母様の気持ちは、ちゃんと聞いたんですか？」

「私はいつだってエマのために動いてる。今回ばかりは解せないが……なぜ私に連絡しなかったのか……」

（アンタがなんぼのもんじゃい）

思わず前世のスラングだろう言葉が脳内で飛び出ていた。

イラァッとしたシャルロッテは内心で大きな舌打ちをして、怒りを押さえつける。

（この人は、自分で抱え込んで説明しないつもりだわ。だから何も伝わらないでこじれるって、この期に及んで自覚しないのね）

先ほどまでエマと話をしていた時も、シャルロッテは目の前の男に対して思うところがたくさんあった。だってエマはシャルロッテの前で『クリスに会いたい』と言ったのだ。

しかしまだ事情があるのかもしれない。聞かないことには始まらないと、怒りを堪えた控えめな低い声でシラーへと問いかける。

「どうして、今までクリスとお義母様を会わせなかったんですか」

「色々あるんだ」

「お義父様は毎月お会いしてたとか」

「大人の事情がある」

切って捨てるようなシラーの物言いに、ついに苛立ちを隠せなくなったシャルロッテは食って掛かった。

「お義母様がいること、私は初めて知りました。クリスも同じなんじゃないですか？」

「事情は説明している。この問題で、君とクリストフを同列にするな」

「納得できません。どうして今まで会わせなかったのか、ちゃんと説明してください！」

「君には関係ない」

怒りで、シャルロッテの脳内は真っ白に染まっていた。それでもなお、大の男二人にどうすれば通じるのかを無意識に選び取る。

（この人には何を言ったって伝わらない……なら）

シャルロッテは、食堂のドアに手を伸ばした。シラーが、グウェインが、シャルロッテの行動で何らか害があると判断したのだろう。慌ててこちらへ駆け寄ってきた。

シャルロッテは伸ばされたシラーの手をパシリと払い除ける。怒りを隠しもしない低いかすれた声で、二人に向かって必死に伝えた。

「……永遠に失おうとしてたモノ、ちゃんと見なさいよ」

シャルロッテがそっと、薄くその扉を開ける。

二人は隙間から見えた世界に息を呑んだ。

微笑むエマの膝の上、小さな男の子が乗っている。

黒髪に紅い瞳の幼児だ。

母親を見上げて話す横顔はあどけなく、紅い瞳が大きく輝いている。それを見て微笑む母の顔は、女神のように慈愛に溢れていた。

「……で、だったんです」

「クリスは、いい子ね」

朝日がきらきらと二人を包み込み、交わす言葉は途切れることなく穏やかに続く。ぽつりぽつりと、クリストフの語る言葉に頷くエマの黒髪が揺れている。

幸せな世界がそこにはあった。

シラーもグウェインも、その光景から目が離せず固まっていた。

二人の様子に、少しだけ溜飲(りゅういん)を下げるシャルロッテ。

(いつだって冷静で、無表情で、淡々としてたって、クリストフはまだ子どもだわ。どうして母親が必要ないって、周りが勝手に決めちゃうのよ)

エマの膝の上に乗ったクリストフの頬はふくふくと白くやわらかな曲線を描いている。いつもの姿からは想像がつかないほどに、シャルロッテの目からも幼児めいて見えた。

母子の姿とは、こういうものだろう。

二人の反応にはおおむね満足だが、しかし。

(で、なんだっけ？　『君には関係ない』ですって？)

怒りの収まらないシャルロッテは、まったく冷静ではなかった。これで済ませてやるものかと、

真正面に呆然と立ち尽くすシラーを上目遣いで睨め付けた。

（奥様ばぁっかり見てるから、クリスの気持ちをないがしろにするのよ。私の気持ちもね！　思い知れ！）

シラーの後ろで同じく魂の抜けたグウェインが気付くよりも素早く、シャルロッテはその小さな足を振り上げる。


そしてシラーのスネを、ポカっと蹴った！


「っ！」

「旦那様っ」

不意を打たれてしゃがみ込むシラー。血相を変えるグウェインをその場に残し、べぇっと舌を出してシャルロッテはドアの内側へと体を滑り込ませる。バタン、とドアが閉じる音で、室内の二人の視線がシャルロッテに集まった。

「シャル！　どこへ行っていたの！」

「おねえさま！」

バクバクと高鳴る胸のままに二人に駆け寄れば、クリストフに手を伸ばされて、ぎゅっと抱き込まれる。その上から、ほっそりとしたエマの腕が重なって、二人に抱きしめられた。

その温かさに目を閉じてじっと心臓を落ち着ければ、後ろでドアが開く音。

「シラー！」

愛し気(いとげ)なエマの声が頭上で響いた。

「エマ、よく来たね。知らせを聞いて驚いたよ。ああ、そのままでいい」

「お久しぶりでございます、奥様」

シラーとグウェインの声が近づいてくるが、顔を上げようともしないシャルロッテ。クリストフの髪に顔をうずめて、エマの腕に隠れるようにして動かない。

「おねえさま？」

異変に気が付いたのはクリストフだった。ずりずりと頭を動かす。

貝のように口をひきむすび、動かないシャルロッテの耳に口を寄せた。

「大丈夫ですよ？」

恐る恐る顔を上げれば、いつもの紅い瞳。視線を少し動かせば、エマの金色の瞳が穏やかに、シャルロッテを通り越した先の男を見ている。

視線を辿(たど)りそろりそろりと振り返れば、見たことのない愛し気な笑みを浮かべるシラーの顔。

（は？　何その顔？）

その後ろには、満足気な顔のグウェインまでいる。二人とも、まったく怒っている様子はない。

シャルロッテはぎゅうっと、エマとクリストフに甘えるように抱き着いた。

（はぁぁぁぁ……。セーフ、かな）

しかしそんなシャルロッテの様子を見て、シラーは無言で蹴られたスネをさすってみせた。そして『ああ痛い』とでも言いたげにエマに甘えたように近づいて来る。

「あらシラー、足をぶつけたの？」

何も知らない無邪気なエマの言葉に、シラーは「いたずら妖精のしわざだ」と仏頂面して答えてみせた。それにグウェインが耐えられないというように声を出して笑う。

「奥様が来られたのですから、きっと幸運の妖精だったのでしょう。妖精ね、確かに見た目はぴったりでございます。わたくしめも蹴ってほしかったくらいですな、ははは」

「グウェインばかり楽しそうでずるいわ！　クリスも妖精さん、見たいわよね？」

エマの腕の中で、クリストフはじっとシャルロッテを見つめながらコクリと頷く。

（どうやら、お咎めはナシ、ということでいいのかしら……？）

内心で盛大なため息を吐きながら、複雑な思いが交差する。

焦りは消え、怒りも消え、ついでにちょっぴりあった後悔の気持ちも消えた。シラーが悪い、という根底の気持ちは変わらないのである。

シャルロッテはもぞもぞと動いて、エマのやわらかな腕に手のひらを添えてクイクイと引いた。

「あの、お義母様……。今度からは、私たちも会いに行ってもいいですか……？」

ちらっと顔を上げて上目遣いにエマへとおねだりをする。潤んだ紫の瞳に、エマはまなじりを下げて「来てくれたら嬉しいわ」と返した。そして彼女は愛おしげな視線をそのままスライドさせて、柔らかにクリストフにも微笑みかける。

「もちろん、クリスも来てちょうだい」

「はい」

エマのその気遣いと、頬を紅潮させ頷くクリストフの横顔に、シャルロッテは本当の意味で安堵を覚えた。

（ああ、この人はクリスをきちんと気にかけてくれる。ちゃんと、母親なんだ）

あふれ出る胸の想いをぶつけるように「ありがとうございます！」と、再びエマに抱き着いた。屋敷で見ることのなかった、子どもらしいクリストフとシャルロッテの様子に、シラーは感心してエマの頭を撫でる。

「すっかり親しくなったんだな」

しかし。微笑むばかりのエマと、沈黙するクリストフ。二人はシラーに言葉を返すことなく、場に妙な間が開いてしまった。

シャルロッテはシラーの言葉が地面に落ちてしまわないよう、しかたなく顔を向けて、口を開いた。空気を読んでしまうのは、元日本人の性質だろうか。

「家族団らんって、いいものですよ」

少しだけ自慢げになってしまうのは、許してほしいところである。

しかしシラーは嫌な顔一つせず、それどころかちょっと言い難そうに同意をした。

「そう思う。その、私も……混ぜてもらっていいだろうか」

シャルロッテの紫色の瞳は見開かれ、視線が真っすぐにシラーへと飛んだ。

「今度から、私たちも混ぜてくれますか？」

クリストフの紅い瞳もシラーを評するかのように見据えている。二人の子どもの視線に苦笑いをしながら、シラーはエマと頷き合う。

「できる限り、家族で過ごせるようにしよう」

（最初からそうしてよね！　まったく！）

シャルロッテは内心で盛大にあっかんべをしながら、表情には可愛らしい微笑みをのせて「わあ！　お義父様ありがとう！」と喜んでみせた。

そうしてから、クリストフと視線を絡める。

「楽しみね、クリス」

心の底からの言葉だった。

クリストフも、こくりと頷く。

シャルロッテは満面の笑みを浮かべた。

「クリスと二人も大好きよ。だけど『家族団らん』も、たまにはいいでしょ」

シャルロッテの言葉に、クリストフが刹那、微笑みを浮かべた。

瞬く間に消えてしまったけれど。ほんのその一瞬で、シャルロッテはぽかんと口を開けたまま動けなくなってしまった。

（……え？　いま、わらった？）

まばたきしたら、いつもの無表情に戻っていたけれど。

シャルロッテの心にはクリストフの微笑みが突き刺さり、しばらく夢まぼろしかと悩むことになるのだった。

義姉のいない世界の話（〝もしも〟の世界の話）

自分の名前はクリストフ・レンゲフェルト。

公爵家の嫡男で、何一つ不自由なく育っている。と思う。

ただ一つ挙げるとすれば、母親が別領地の当主代理をしている関係で、別居中であるということ。

クリストフには、母親の記憶が存在しなかった。

クリストフが母という人間を認識したのは、四歳頃。

誕生日の祝いの夕餉に突然現れた黒髪の女は『母親』と名乗り、食事を共にした。

誕生日などの行事は父親と食事を共にする。その際にはメッセージカードが届いていた。

いつも簡潔な定型文で、甘い香水の匂いがするソレは『愛しのクリストフへ』で始まり『あなたの母親　エマより』と書かれていた。

（メッセージカードの『あなたの母親　エマ』だ。まさか、本当に居たんだ）

クリストフは驚いたが、同時に嬉しかった。自分を『愛しの』と呼ぶ人である、ずっと会ってみたかったのだ。

しかし、感情の動きを察知されるのは良くないことだと教わっている。公爵家当主である父の指導通り、口の端を吊り上げるようにして挨拶を述べた。

「お初にお目にかかります、クリストフ・レンゲフェルトです」

手を差し出されなかったので握手もキスもしなかったせいだろうか。ガッカリさせてしまったらしい。

女の金色の瞳が揺らいで細められる……それは怒りか悲しみか。

彼女から発せられる負の感情をクリストフが読み取った瞬間には、女の横に並び立つ父親が眉根を寄せてこちらを睨んでいた。

「母親だぞ、初対面ではない。それと、家族にそう……かしこまった態度をとるな」

（記憶上は初対面なのに、初対面ではない。家族に対してはかしこまらない。お父様もいつもは何もおっしゃらないのに……。マナー講師はこのパターン、教えてくれなかったな）

父親に叱責（しっせき）されたクリストフは困惑を押し込めて「失礼致しました」と頭を下げる。

「いいのよシラー」という女のとりなしで食事が始まった。

女はクリストフに質問ばかりで、父親はそんな女をずっと眺めている。これが家族というもの、なのだろうか。初めての空間にクリストフは『正解』を探していた。

「困ったことはありませんか？」

「特にありません」

「シラー……お父様は優しくしてくれていますか？」

「良くして頂いています」

「勉強はどうですか？」

「問題なく進んでいます。先日はラヴィッジ領のことも学びました。貿易が盛んで、近年は東の海への進出など素晴らしい成果を上げているとか」

「え、ええ……」

問われることに答えているだけなのに、その女が戸惑う感情が伝わってくる。自分がどうすればいいのか分からない。マナー講師に教わった通りに会話をこなすが、それは『不正解』らしい。父親からの厳しい視線を受けながら進める食事は、砂を噛むような心地がした。

「クリストフは優秀だよ。教師たちからの評価も高い」

「まあ、素晴らしいわ」

自分には戸惑ったような目を向けるくせに、父とはとろけるような笑みを浮かべて視線を交わす女。父親も、自分には見せたことのない甘い声、甘い顔、優しい眼差しで女を見つめる。

「エマに似たのかな」

「違うわシラー、あなたに似たのよ。クリストフを立派に育ててくれてありがとう」

「当然のことだ」

見つめ合い、頷き合う、二人の世界。

（二人の会話は『正解』らしい。僕が混ざると『不正解』になる）

食事後、母親は父親と二人で部屋へと帰っていった。

知らなかったことだが、父親の部屋は、父親と母親二人の部屋であったらしい。

自室に戻ったクリストフはひどく疲れていた。

ガッカリだった。

（何が『あなたの母親　エマ』だ。あれは『公爵家当主の妻　エマ』だ。そして僕は『愛しのクリストフ』じゃなくて『愛しの公爵の息子　クリストフ』の間違い）

どうやら父親は『母親の望む息子』になってほしいようだった。

内心ため息を吐くも、この屋敷において『公爵家当主の息子』として存在している以上、父親を無視することはできない。

(正解は何だ。僕は知らなければならない)

控えるメイドに聞いてみようと、何人か呼びつけて並べてみる。

ここにいるメイドたちは皆、貴族でもあるし、参考程度にはなるだろうと問いを投げかけた。

「母親の理想の息子とは何だ」

腕を組みトントンと指を叩けば、立ち並ぶメイドが端から端的に回答を述べていく。

「健康であれば、それだけで良いかと思います」

「賢く、優しい男になれと兄は育てられました」

「父のようになれと、母が弟に申しておりました」

三者三様の答えであるが、クリストフは最後の者の返答が一番正解に近い気がした。

『母親』はずいぶんと『父親』のことが好きな様子だったし、少なくとも不正解ではないだろう。

「お父様はどんな人間だろうか」

トントンと指を叩けば、立ち並ぶメイドはそれが決まりであるかのように再び端から回答を述べていく。

「気高く、素晴らしいご当主様でいらっしゃいます」

「その才覚たるや国一番でございます」

「奥様を深く愛し、大切にしていらっしゃいます」

素晴らしい当主にはそのうちなるとして、クリストフとて才で人に後れを取ることはない。となると、父にあって自分にないものは……と考えた。

（『愛』と『大切にする』か）

「お父様はお母様を大切にしている、愛しているとは、何から判断できる」

クリスの指が二回腕を叩いた瞬間に、端のメイドが素早く口を開いた。

「奥様がお望みのことを、何でも叶えて差し上げるところです」

「奥様のためを考えて動いてらっしゃるところです」

「お二人で居るだけで、幸せそうなところです」

自分は父が望むことを考え、今まさに叶えようと努力している。これは『大切にしている』と言えるらしい。しかし最後のメイドの回答が気にかかった。

少し自分で考えてみるが分からない。分からないので、発言をしたメイドを指でクイクイと引き寄せるようなジェスチャーをする。

「居るだけで幸せとはどういった意味だ。詳しく説明しろ」

三人の中でも一番年若いメイドは震える足で一歩前に出た。指をトントンと苛立たせながらクリストフが顎で促せば、しどろもどろになりつつも言葉を紡ぐ。

「えっと、旦那様と奥様、お二人は、見つめ合うだけでその……幸せそうにしていらっしゃいます。お互いがそこに居るだけで幸せというのは、究極の愛の形かなと」

（同じ空間に存在するだけで幸せなのが、究極の愛）

確かに、先ほどの父親と母親の様子は幸せそうであった。

このメイドの言うことは『正解』のようだ。

クリストフはふと想像する。

先ほどの食事時の光景。父親と母親は見つめ合っていて、幸せそうに微笑んでいる。クリストフはそこに居るだけだった。

しかし。クリストフの頭の中で、シラーが泥となって掻き消える。

母親は泣いたり戸惑ったりしていたが、そのうちに視線はクリストフに向けられた。

（この人は僕の母。でも、僕の母は、お父様のモノ）

じゃあ、お父様がいなくなったら？

『あなたの母親　エマ』だけになる？

そうしてずっとずっとその部屋に居れば、いつか幸せになる時が来るだろう。

そうなれば、それは『愛』になるのだろうか。

そこまで考えて、クリストフは軽く頭を振って思考を振り払った。

（お父様のためなのに、お父様がいなくなっては意味がない）

「下がって良い」

手を払ってメイドたちを追い払うも、クリストフの中では先ほどの問答がずっと燻（くすぶ）っていた。

ずっと、ずっと。

九章　家族だんらん

エマは朝食後、せわしなく公爵領を出発した。

まるで捨てられた子猫のような瞳で何度も何度もクリストフを振り返っては馬車へ乗る様子は、シラーの胸を突き刺したらしい。いつもの鉄仮面はどこへやら、苦い顔をして馬車を見送り、肩を落としていた。

(情けない背中ね)

ふふん、と内心であざ笑うシャルロッテの横で、クリストフは純粋な瞳で父親を見上げ「お父様は、お母様が好きなんですね」と言葉をかけていた。しょんぼりとしたシラーは切なげな声を出す。

「ああ。愛しているんだ」

息子に臆面もなく言い切る男。

シャルロッテの方が恥ずかしくなって、フーッと息を吐きながら肩をすくめて横を向き「お熱いですねー」と、茶化すような独り言をこぼした。エマが関わることには、シラーは公爵家当主としての威厳もへったくれもないのである。

その証拠に、シラーはシャルロッテの言葉に怒りもせず、少し照れたような顔で答えた。

「恋愛結婚だからな」

「あ、はい、聞きましたぁ……お義母様からもたっぷり聞きました、その話」

まさかの真正面から回答してくるシラーに、シャルロッテの頬がひくり、とひきつる。エマのことに関しては、この男には羞恥心と言うものはないらしい。苦笑いを浮かべていれば、クリストフがシャルロッテの方へとやってきて袖を引く。

「何のお話を聞いたんですか」

「お二人の昔の話を、お義母様に聞いたのよ。クリスも気になるなら、お義父様かお義母様に直接聞くといいわ」

(あの過去の恋愛話、私の口からは言えないわ。パスパス。どこまで話していいか分からないし)

シャルロッテが話題を投げてシラーを見れば、「もう少し大きくなったら教えよう」と、卑怯な大人の常套句で逃げていた。それを聞いたクリストフは首をふるふると振って「じゃあいいです」とシラーを切り捨てると、シャルロッテを見上げる。

「お母様を、お鍋にお呼びしたいです」

「いい考えだわ！　お手紙を出してみましょうね」

回答から逃げた父親のことは置いておこう、とシャルロッテはクリストフの手を引いて「さっそくお手紙を書きましょう～」と歩き出す。

その様子に苦笑を浮かべるシラーも、二人を見守るように後ろを歩いて屋敷へと戻った。

❦　❦　❦

それからしばらく経ち、鍋をする予定の日。

忙しいから無理かと思いきや、エマはずいぶんと頑張って仕事を調整したらしい。

うっすらとクマの残る顔ではあるが、輝く笑顔を引っ提げて「会いたかったわ」とやって来た。

クリストフは差し出される母の手にキスをして、挨拶をする。

「お母様、来てくれてありがとうございます」

「こちらこそお招きありがとう。お手紙貰った時は、嬉しくて跳びはねちゃったわ」

エマは明るい口調でクリストフに軽い抱擁をして、それからシャルロッテのことも抱きしめてくれた。その後ろには守護神のように佇むシラーが居るが、表情はどこか穏やかに見える。

「シャルもありがとう、実は私、お鍋大好きなの」

「お義母様は鍋を食べたことがあるんですか！」

驚きに目を見開くシャルロッテ。エマは視線をチラリとシラーに向けて「あら、言わなかったの」とほほ笑んで「ちょっと昔ね……貿易をする関係で、向こうの国の人たちに御馳走になったことがあるのよ」と教えてくれた。

エマはその流れで「ハイジも準備ありがとう」と、シャルロッテたちの後ろに立っていたハイジにも声をかける。ハイジは頷いて「奥様お久しぶりです～」とゆるい挨拶をした。

「今日のメインは～、これです～」

ドンと食堂の長机の端あたりに置かれた土鍋の下には、なんとガスコンロのような箱が設置されている。なにやら埋まっている石が動力源となり、火が付く仕様らしい。

ハイジが何やらいじくりまわしてスイッチを押すとボウッと大きな火が灯る。

「わ！　すごいわ！」

「これは騎士ならみんな野営で使うんで～」

歓声を上げるシャルロッテに照れたように頭をかき、火を調節するハイジ。

「これで準備完了です～、あとは具材を入れて煮込むだけですよぉ」

ハイジが示す先には並べられた食材がある。すでに一口大にカッティングされ、いくつものトングが添えられている。エマが金色の瞳を輝かせて皿へと近づけば、ぞろぞろとシラーとグウェインも付いてきた。

「何を入れるか迷ってしまうわね」

「どれを入れても美味しそうだ。異文化圏の食事だから少し警戒していたのだが、野菜が多くて健康的なんだな」

頬を押さえて悩むエマの腰を抱きながら、シラーがほほ笑んでいる。

（食べやすそうなもの揃えましたからね……！　醤油鍋でスープも透き通ってキレイですよぉ）

実は朝の段階で、具材のチェックをしていたシャルロッテとハイジ。

それにくっついてきたクリストフが「泥みたいですね……」やら「この白い紐を食べるんですか？」やら、見た目で戸惑ったため、該当する食材は外しておいた。

ここにあるのは、この国の人間でも抵抗感のない食材のみである。

（本当は味噌鍋で、シメをうどんにしたかった。ハイジと二人で第二弾やっちゃおうかしら。残った具材は貰っても構わないわよね、買ってるんだもの。お味噌汁が飲みたいわぁ）

脳内で美味しい妄想をしていたシャルロッテは、ハイジにつんつんとつつかれて意識を取り戻す。

気づけばシラーもエマも、グウェインもクリストフもこちらを見つめていた。

コホン、と形ばかりの咳払いをして右手をピッと上に伸ばす。

そうしてシャルロッテは宣言をした。

「ではこれから！　第一回レンゲフェルト公爵家、おうちごはん会を始めます！　今日はお鍋です。みなさん、無理なく、たくさん食べてくださいね！」

「お～」

ゆるいハイジだけが、ぱちぱちと拍手をしてくれる。

「では今から、みんなで一つずつ、気になった食材を入れていきます。良いですか！」

シャルロッテの張り切った声に「わかりました」「はーい」「何を選ぼうかしら」「分かった」「私も選んでよろしいのですか」などなど、各々が何かを言っているが、シャルロッテはそれに返答することはなく言葉を続ける。

「嫌いなものが選ばれてしまったら、待ったをかけてくださいね！　はい！　トングを持ちますよ！」

シャルロッテの仕切りに皆トングを手に持ち、おうちごはん会は順調にスタートした。

「では私から」と、陣頭指揮をとるべく真っ先に具材を選んだシャルロッテ。

（私に抜かりはないわ、ダシが出るように最初はコレを選ぶと決めていたのよ……！）

迷いなくシイタケのようなキノコをトングで挟んだシャルロッテの耳に「あ、」というクリストフの声が聞こえた。そちらを向けば、少し迷った様子で口を開いたり閉じたりしている。

まさかと思って「もしかして」と言えば、コクリと頷くクリストフ。

「僕、キノコはあまり好きじゃないかもしれません」

「そ、そうなの？」

「はい、最近気が付いて……。食べられますけど、匂いが強いと苦手です」

「すごいわクリストフ！　ちゃんと苦手って言ってくれてありがとう！」

初めて知るクリストフの〝嫌い〟にシャルロッテが感動している間に、ハイジがひょいひょいと具材からキノコを撤去した。それを見ながらシラーが少し眉根を寄せて「好き嫌いか」と呟く。

そんなシラーをちらりと見上げたエマは「まあ！」と声を上げる。

「私も小さい時は苦手だったのよ」

「クリスはお義母様に似たんですね」

嬉しそうにエマが言うのにシャルロッテもニコニコして乗っかれば、シラーは押し黙る。

「食べられるとのことですし～、こんな内々の会では無理せずいきましょ～」

ゆるっとハイジがフォローを入れれば「それもそうだな」とシラーも頷いた。

その後もなんやかんや言いながら鍋に具材を入れ、もうすでに妙な達成感を覚えた一同。

「はい！　じゃあ皆さん席についてください！」

元気な声を出すシャルロッテをエスコートして、ハイジはお誕生日席に彼女を据える。為されるがままに座れば、シャルロッテの右側にはクリストフが素早く陣取った。息子の右隣にエマ、シラーが並んで座る。シャルロッテの左側にはハイジとグウェインの使用人コンビが、同席の非礼を詫びながら腰かけた。

（どうして私が真ん中なの……。まあでも、横がハイジとクリスで良かったわ）

気心の知れた二人が近くに居て、シャルロッテはホッとしていた。

しばらく雑談をしながら待てば鍋から湯気が立ち上り、しゅ、しゅ、てしゅ、と縁からあふれ出そうになる汁。ハイジが火を弱めて更に煮込み、やがてその蓋を外せば……。

「わぁ……！　おいしそう～！」

「いい匂いだわ」

「イイ感じっすね～」

シャルロッテ、エマ、ハイジは完成した鍋に歓声を上げる。が、シラーとクリストフ、グウェインは無表情の顔をお互いに見合わせていた。

「これは、ごちゃっとしていて……何が入っているか分からないな」

「その、見た目がやはり……異国風ですね」

「確かに匂いは、いい匂いがします」

三人の消極的なコメントはスルーしてハイジが「では、一応形式ですからね～、毒見させていただきます～」と、取っ手の着いた大きなカップに鍋をよそった。まずは汁を飲み、ハフハフと後ろを向いてお決まりの素敵な音をさせながら鍋を食む。

「ん～、これは最高ですねぇ」

糸目をさらに細めたハイジは、てきぱきと全員分のカップへと鍋をよそう。シャルロッテは湯気の立つそれを受け取るや否や、待ちきれぬとばかりにすぐ口元へと運ぶ。熱くて何度かふーふーと息を吹きかけて少しだけ冷まし、コクリと汁を口に含めば。

（んまぁぁぁいぃぃ！！！　これこれこれ！）

恍惚の表情で味わうシャルロッテを見て、受け取ってそのまま食べるなんて……とマナーを注意しようとしたシラーは口を引き結んだ。あまりにも幸せそうな顔だったのである。

そんな義姉を見たクリストフも、先ほどのためらいはどこへやら。

二、三回瞬きをして汁を口に運び「……おいしい」と感想を漏らした。

「ふふふ、美味しいわよね。熱いからゆっくり食べるのよ」

クリストフに優しく声をかけてエマが自身のカップを手に取れば、戸惑っていたシラーも覚悟を決めたようだ。エマの真似をして器を持ち上げ、そっと口を寄せる。

「……おいしい」

先ほどのクリストフとほぼ同じ言い方だったので、ハイジはこっそり吹き出して笑っていた。

シャルロッテは苦笑いだが、エマは嬉しそうに父と息子を見比べている。

仕えている公爵一家が全員口を付けたのを確認してからグウェインも食べ始め、みんなで「おいしいね」「意外といける」「おいしいですね」と言い合いながら和やかに会は進んでいった。

ハイジの素晴らしい鍋奉行(なべぶぎょう)っぷりによって皆のお腹が満ち、雑炊という最後の幸せながらも、胃を圧迫するシメで全員の胃袋が少し大きくなった頃。

「そういえば」と、エマが何かを思い出したように、長い黒髪を揺らして顔を上げた。

横に座るシラーに顔を向けて、確認するような口調で言う。

「シャルはお茶会デビューがまだよね」

シラーが手にしていたカップとスプーンを置いて、そうだったな、と言った。

シャルロッテは最後に残った雑炊をおかわりしてもぐもぐと頬張っていたので、口を開かずに首だけ素早くエマとシラーの方に向ける。

(お茶会デビュー？　そんな行事があるのね。マナーを確認して練習させてもらおう。ドレスと

かって、この間注文したやつでいいのかしら）

シャルロッテはつらつらと頭の中で考えながら、口の中の物を急いで咀嚼していた。そして、飲み込もうとした、その時。

「来月あたりにでもデビューしておくか」

シラーがなんてことはないことのようにポンと言う。

シラーの言葉に慌てたシャルロッテは、胸に詰まりそうなお米を気合で飲み下し口を開く。

「えっと、私が？　お茶会に行くのですか」

「ああ」

「来月？」

「そうだ。大人と子どもは別行動になる場面もある。心しておくように」

ぎょっとしてシラーを見上げるシャルロッテ。突然そんなことを言われても、何が何だか分からない。マナー講師から話も聞いていないし……と戸惑うばかりだ。シャルロッテは言葉を選んでその気持ちを伝えてみることにした。

「なんだか……ちょっと緊張します。お義父様も居ないところで、うまくやれるか心配です」

しかし、シラーからすれば当然のことらしく、シャルロッテの困惑は真顔でスルーされている。この野郎と思いながら縋るように横に座るクリストフを見れば、紅い瞳はこちらを向いていた。

「僕も付いて行きますよ」

小さな手がシャルロッテの手をきゅっと掴んで安心させてくれる。

「クリス……！　ありがとうっ」

「僕のそばから絶対離れないでくださいね」

いつも真顔だが、無表情のクリストフに注意をされると、なんだか怖い。

（お茶会って、なんか色々と貴族間のゴタゴタがありそうだわ。しかもデビューとか……イジワルな親戚の奥様に、公爵家にふさわしいか試されたりとかするのかしら）

前世の世界で言う『昼ドラ』のように、ドロドロとした女性同士の戦いがあるかもしれない。思わずティーカップから紅茶をひっかけられる自分を想像して、シャルロッテはぶるりと震える。

「絶対離れない。クリスこそ、どっか行っちゃったりしないでね」

きゅ、っと手を握り返してクリストフを見つめた。

そんな仲睦まじいシャルロッテとクリスの様子を見ていたエマは、少し考えるような顔をしてシラーに尋ねた。

「どこのお茶会にするつもり？」

「公爵家の縁者のところからデビューするのが無難だろう。クリストフとも顔なじみの子どもがいるところにしようと思う」

お茶会の主催や参加は、本来は夫人の仕事。この家にエマが居ない以上、シラーがどこかの家へと連れて行くしかない。クリストフも同様に、公爵家縁者の茶会へとシラーが同伴してデビューを果たしていた。

「そうなるわよね……」

仲睦まじい様子の子ども二人に視線を向けたまま、『クリストフにやたらとまとわりつく女児がいた』という報告を思い出すエマ。こんな様子を見たらシャルロッテに嫉妬するかもしれない。どこの家だっただろうか……後で確認が必要だわと、唇をゆるく噛む。

公爵家の嫡男に喧嘩を売るバカはそうそういない。だが、養子のシャルロッテは状況が違う。しかも、彼女の容姿はかなり目立つ。

たどたどしくも〝母親〟の顔をしたエマは、シラーを見上げるように伺う。

「ねえ、シラー」

「どうした」

シャルロッテに、多くの妬み(ねた)や嫉み(そね)が向けられるだろうことは想像に難くない。

子どもらしからぬ賢さを持つ彼女はきっと、何かを言われても声を荒げることもなく、自分の内に秘めてしまうのではないだろうか、エマはそんな場面をいとも簡単に脳裏に描くことができた。

「心配だわ……」

そんな思いをさせたくない、と、エマはきゅっと唇を噛んだ。

男性には分かりにくい部分ではあるだろうが、茶会とは戦場である。スタートから舐められていては、彼女の将来に暗雲が立ち込めてしまう。

庇護を与えるならば、より強い権力が良い。

そしてエマは、その庇護を与える方法をよく知っていた。

権力者であるシラーにねだればいいのだ。

「お茶会では、できるだけ一緒に居て守ってあげてね。クリスもシャルルも大切な私たちの子だって、あなたが周囲に示してあげて。お願いよ、シラー」

うるんだ瞳の妻に切なげに乞(こ)われ、シラーの動きが固まった。

傾(かし)げた小首に流れるエマの黒髪の揺れが止まるまで、たっぷり五秒は硬直して、シラーはやっと動きを取り戻す。手を伸ばし、エマの細い指に自分の指を絡めて握りこむ。

真剣な顔でエマの瞳を覗き込み、頷きながらこう言った。

「まかせてくれ！　そうだ。私が茶会を主催しよう」

「し、シラーが？」

エマは戸惑った。男性の当主が茶会を主催するなんて、聞いたことがないからだ。

しかし大真面目(おおまじめ)にシラーは続けた。

「ああ。親戚への顔見せを兼ねて、私が招待客を選定するのが効率的だろう」

「それは、そうかもしれないけど……大丈夫？　あまり、その、聞いたことがないけれど」

「文句は言わせないさ」

ほほ笑んだシラーは握っている手に力をこめて「安心してくれ」と囁く。

「私が主催すれば、当主が同伴する者も多いはずだ。大人と子どもが同席するタイプの茶会にして、子どもたちから離れることがないようにする」

「さすがシラー、いいアイデアね」

流石(さすが)にシラーの前で、子どもたちを害することはないだろうとエマは考えた。大人と幼い子供が同席するタイプの茶会は珍しいが、ないわけではない。それなら安心だとホッと息をつく。

シラーは表情をゆるめ、エマの白く長い指を撫でた。

「シャルロッテは立場が複雑だしな。いい機会だ、小うるさい連中には分からせておくに限る……

今後は、エマが心配する必要がないくらいに」

「お願いね。……二人とも、お父様から離れちゃだめよ」

「分かりました」と、シャルロッテとクリストフは声を揃えて良い子のお手本のような返事をした。

早速グウェインに指示を出すシラーを見ながら、エマは『主催は無理でも参加くらいは……』と、どうにか仕事の算段をつけて自分も茶会に参加できるよう考えを巡らせた。

主催側の家族で出席しないのは、親娘不仲説を流されてしまう可能性がある。シラーは気にするなと言うだろうが、エマは気にする。ただでさえエマの当主代理について、公爵家サイドで快く思ってない人間も居るというのに。

なんとか都合をつけて自分も参加しなくてはとエマは決意を固めた。シラーは女性同士の機微を分かってない部分もあるし、言えば極端な人だから粛清（しゅくせい）したりするし……と、エマの脳内で不安要素が次々と浮かび上がる。

エマは内心でため息を吐きながらも、良い子のお返事ができた子どもたちに「私も行くから、安心してね」とほほ笑みかけた。

こうしてなんやかんやありつつ『第一回レンゲフェルト公爵家、おうちごはん会』は大盛況のうちに幕を閉じたのだった。

十章　みんなずっと一緒に

いざお茶会の日がやってくると、シャルロッテは朝から大忙しだった。

何やら塗り込まれたり洗われたり、磨かれたり押されたり引っ張られたりと、シャルロッテはメイドたちの為すがままに身を任せた。最後に襟高なモンタントタイプのいつぞやオーダーしたデイドレスを着せられ、完成した姿を鏡で見れば……。

「今日の主役は名実ともにお嬢様ですわっ！」

「美しすぎて心配です。うちの中で攫われることはないかと思いますが……。ご家族と離れないように気を付けてくださいね」

髪結いまで終わらせて大興奮のローズと、心配そうなリリー。

肌や髪が不思議と内側から光り輝いているような美しさに仕上がったシャルロッテは、身内の贔屓目抜きにしてもあまりに美しく、メイド二人は感嘆の息を漏らす。

「大げさね」とシャルロッテが笑えば、編み上げのハーフアップにした白金の毛先が、深緑色をしたドレスの高い襟にしゃらりと寄り添うように揺れる。

「透明感がありすぎて、透き通ってしまいそうですわ」

ほぅっと見惚れるローズを無視したリリーが「では、お坊ちゃまがお呼びですので」とシャルロッテを部屋から連れ出した。

マナー講師と共に、お茶会の対策を練ってきたこの一か月。招待客のリストも貰って、しっかりと情報も仕入れた。しかし心配性のクリストフが「当日は何があるか分かりません。早く来るような無粋な人がいないとも限りませんし……。準備ができたら僕の部屋へと来てください」と言うので、この後は弟の部屋でお茶会の開始まで待機することになっている。

（耳にタコができるくらい『僕から離れないでください』って言われてたし、今日はここから

ずぅっと一緒に行動することになりそうね）

リリーがコンコンとノックをすれば、クリストフ付きのメイドが出て来て中へと通される。そこには、既に準備を終えたクリストフが居た。彼はシャルロッテの姿を見るなり立ち上がり、固まった。

「かっ、かっこいい！　すごく似合ってるよ、クリス」

深緑のタイは白金の刺繍が刺し色となり、黒い正装が恐ろしいほどよく似合っている。半ズボンから覗く白い膝小僧が、彼の幼さを唯一主張している部分だろう。小走りで駆け寄りつつ心のままに褒めるシャルロッテを、呆然と眺めたまま動かないクリストフ。

「クリストフ？」

近くに寄っても無反応の義弟の眼前で手を振って、シャルロッテは小首をかしげた。

するとガシッと手首を掴まれる。

じっ、と見つめてくる紅い瞳。

「な、なに」

「……いえ。なんでもありません。おねえさまも、よくお似合いです。今日は僕から離れないでくださいね」

（また言った！）

「もう、分かってるわよ」と頬を膨らませるシャルロッテの手首をそっと握り直し、窓際へとエスコートするクリストフ。広い窓からは庭の遠くにセッティングされた茶会の会場が見えた。色とりどりの花が咲き乱れる中に、大きな日除け、黒を基調にしたガーデンテーブルが並べられている。

「すごい！　いつの間に」

「朝露が引いた頃ですね。もう準備は終わってますよ」

「公爵邸のお庭ってキレイよね。来る人もきっと喜ぶわ～」

　のんびりとしたシャルロッテの感想に、クリストフがわずかに目を細めた。今日は皆庭を見に来るのではない。シャルロッテを見に来るのだ。

「緊張してませんか？」

「ちょっぴりね。でも、クリスが一緒なら大丈夫よ」

　シャルロッテは肩をすくめて笑ってみせた。

　もちろん自分のお披露目であることは忘れていないし、これで結構緊張もしている。しかし自分には強い味方が居ることも、シャルロッテはよく分かっているのだ。

「お義母様もお義父様もいるしね」

「はい。でも、今日は僕とずっと一緒に行動してくださいね」

「分かったってば！　あっ、見て」

　シャルロッテが指さすはるか遠い先に、馬車が見える。まだ少し早い時間帯だが、客が来たようだ。子ども二人は顔を見合わせて頷き合い、呼ばれるまで招待客の名簿を見ながら、情報のおさらいをして過ごした。

「本日は忙しい中、我が家のために集まってくれたことに感謝する。この日を迎えるまでには、色々なことがあった。しかし、新たなる家族を一員として迎え、より一層、当家が繁栄していくことを確信している！　尊き我が娘、シャルロッテを皆に紹介しよう」

シャルロッテたちは、横一列に並び、大勢の客の前で立っている。

ガーデンテーブルに通されていた招待客たちも立ち上がり、こちらを向くのは好奇心やら猜疑心（さいぎしん）やらに溢れた目、目、目。人形を認識するように、シャルロッテはそれらの目をもつ顔をじっくりと眺めることができた。

（お義父様に似た人は居ないのね。黒髪はちらほらいるけれど）

大仰な挨拶を述べたシラーに視線で促され、一歩前へと進み出てカーテシーをするシャルロッテ。動く美貌の少女に、観客が釘付けになる。シャルロッテは集まる視線を張り付けた笑みで受け流し、声を出すことはなくしずしずと一歩下がった。

満足気に頷くシラーはグウェインの差し出すシャンパングラスを受け取り、それを掲げる。

「これからは一族の仲間として、我が家の大切な子どもとして、クリストフと共にシャルロッテのことも見守ってほしい。古（いにしえ）よりの同胞よ、共に祝ってくれ。乾杯」

乾杯の声が響き、ざわめきが庭園に広がる。

祝い酒であったシャンパングラスを回収して回る使用人や、お茶が準備されていく様子を見ながらシャルロッテは背筋を伸ばした。

（さて、来るわよ）

家格の高い順に、当主へと挨拶にやってくるらしい。

入れ替わり立ち代わり訪れる親戚に「シャルロッテと申します。よろしくお願いします」「はい」「ありがとうございます」と壊れたように繰り返すだけの仕事の始まりであった。

まず近づいてくるのは家格のランクからして侯爵家だ。

歯茎まで見えるような笑顔を浮かべた馬面(うまづら)の当主がやって来た。彼は無表情のシラーの手をがっしりと掴み、親し気に話し出す。

（この顔、クリスと勉強した……！　マルカス侯爵家のファージ様ね。分かりやすい！）

クリストフはファージ・マルカスの欄に『やけにお父様に馴(な)れ馴(な)れしい、馬っぽい。うるさい』と注釈を書いてくれていた。髪も栗毛(くりげ)で、まさに馬のようである。

「やあシラー、いつも活躍っぷりは聞いているから、久しぶりな気がしないな！」

「ああ。そちらの活躍も聞いている」

「よせよ。公爵様と比べたらうちなんて全然だ！」

侯爵家は、金色の装飾がうるさいくらいに目立つ服を揃えて着ている。仲が良いのだろうが、ちょっとゴテゴテした印象だ。当主同士の挨拶の横で、夫人同士も微笑み合って会釈をしている。

（となると、私たちはこの子かな）

連れられてきた子どもはシャルロッテと同じくらいの女の子。挨拶をしようと視線を向けるも、ふいっと目線をそらされて、彼女はあからさまにクリストフだけを見つめて笑顔を向けた。

「クリストフ様！　お会いしたかったですわ。お手紙、読んでくださいました？」

「お久しぶりです。ええ」

「お返事、ずっと待ってましたのに！」

「忙しくて」

「アンネリアの手紙には、一言だけでもお返事するのが礼儀なのですよ！」

「そうですか」

　淡々と返すクリストフにめげずに食いつく少女は、アンネリアというらしい。そういえば、マルカス家長女の備考欄には『しつこい』と書かれていた。クリストフのことが好きなのね……と、空気と化したシャルロッテはその様子をただ観察する。

（この子、色々と父親似だわ。お義父様に絡むファージ様とクリスに絡むアンネリア様、そっくりだし）

「……にしても、シャルロッテ嬢の美しさは素晴らしい！　うちの娘も負けず劣らず素敵なレディだけれどもね！　ガハハハッ！」

「シャルロッテは見た目だけでなく、聡明な子どもでね。素晴らしい家族が増えた」

「それは楽しみだ！　シャルロッテ、侯爵のファージ・マルカスだ。これからよろしく頼む！」

「シャルロッテと申します。これからよろしくお願いします」

　降ってくる当主同士の会話に加われば、やっとアンネリアの視線が憎々し気にこちらを向く。

　横に居るクリストフの腕が、シャルロッテの腕にぴったりと触れた。その温かさに勇気が出るが、アンネリアからの視線の圧はますます強くなっていた。

「俺が長居すると次が困るな。積もる話はまた後でにしよう！」

「ああ」

ニッと歯茎を見せて笑うファージ侯爵は、もう一度シラーの手を握った後にテーブルへと戻って行った。アンネリアの視線はシャルロッテからクリストフに戻り、媚(こ)びるように瞬きを繰り返す。

「また後でおしゃべりしましょうねっ」と、アンネリアが一生懸命に話しかけるが、クリストフにガン無視されていた。そのまま父親が去ってしまったために「私、待ってますからっ！」と、後ろ髪引かれるようにしながら彼女も戻って行く。

「ちょっとクリス、いいの……？」

あまりな最後のクリスの態度に声を潜(ひそ)めて聞けば、なにか問題でも？　と言いたげな顔で首をかしげている。しかし、会話を続けようにも次の挨拶をするための人がやってきて、そこで話は終わってしまった。


やってくる人、人、人。

しかし大人の大半は好意的で、しかも意外とご年配の方はシャルロッテに優しい人が多かった。

(顔？　顔なのかしら？　いたいけな幼女だから？)

頬に手を当てて柔らかなほっぺをむぎゅりと持ち上げるシャルロッテに「もうちょっとがんばってね」とエマが声をかけてくれる。

「がんばります」

「おねえさま、あと三組ほどですので」

クリストフも横から声をかけてくれるのに頷けば、ちょうど次がやってくる。

「お久しぶりです、シラー様！」

「久しぃな」

でっぷりと太った彼は、確か子爵だっただろうか。同じくよく肥えたご年配のマダムを引き連れている。濃い紫のアイシャドウがのっかった大きな目が、シャルロッテを品定めするように舐めまわした。

「お可愛らしいお嬢さんねぇ」

「シャルロッテと申します、よろしくお願いします」

従順にカーテシーをするシャルロッテを満足げに見下し、毒々しいほどに色をのせた唇をギュゥッと吊り上げてマダムは笑う。

「女主人が来て、屋敷も華やかになったでしょう」

（この人、家に居ないお義母様のこと当てこすってる……？）

ピンときたシャルロッテは視線を上げてどうするべきかを逡巡しながら、笑顔を張り付けた。すると庇うようにクリストフが一歩前に出て「お久しぶりです、おばさま」と挨拶をした。

「まぁ！　クリストフ様、ご挨拶が遅れてごめんなさい。また大きくなられて！　ご立派な当主になる風格が、もうすでにありますわねぇ」

過剰ともとれる褒め言葉に「ありがとうございます」と短くクリストフが返す。

「お勉強も大変でしょうけど、頑張ってね。何か困ったことがあればいつでも言ってちょうだい」

「まあ、お心づかいありがとうございます」

エマが笑顔で割り込んでくれれば、舌打ちでもしそうな目つきをした後に笑顔になった子爵夫人は扇を開いて口元を隠した。

「ああエマ様。本当にお久しぶりネ。ずぅっとこの庭園でお茶ができなくて寂しかったのよォ」

「お久しぶりです。おば様をお招きできて嬉しいですわ」

「この会、シラー様が開いてくださっただけあって、素晴らしいわね。素敵な旦那様よねぇ。お茶会まで開いてくれるなんて」

それに比べてあなたは、と聞こえそうな子爵夫人の目線にも笑みを崩さないエマ。

シャルロッテがとっさに口を開こうとするも、クリストフに視線で止められる。その瞬間。

「私が何か」

ゴゴゴゴと音の付きそうな顔で、さっきまで子爵にべったりと張り付かれて話をしていたはずのシラーがエマの腰を抱いて引き寄せている。

「あ、いえ、ね。素敵な会を開いてくださる、素晴らしい旦那様でうらやましいですわってお話ですのよ。オホホホ」

「この場所での茶会は初めての試みだったので、喜んでいただけて何よりだ」

「えっ、あ、そうだったわね」

ギロリと視線を子爵に飛ばし、無言で『下がれ』と言わんばかりの威圧感を醸（かも）し出すシラー。

あわてた子爵は夫人をつれて、ペコペコと頭を下げながら戻って行った。

それすら睥睨（へいげい）していたシラーはエマの腰を離すと、その手を握り口づける。

「あんな失礼な人間は、二度と呼ばない。エマの前に姿を見せないようにしておく」

「別に何を言われたわけじゃないのよ。ご夫人はちょっとアレなだけで……子爵自身とは私も親戚だし、長い付き合いだから、気になんてしないわ」

「しかし……」

「もうっ！　いいの、ほら、次の方がいらっしゃるわよ。手を離して」

そうして最後の招待客まで挨拶を終わらせ、やっと一息。

基本的にシラーには全員が服従の意、嫡男のクリストフにも同様であった。

しかしエマには舐めた態度のご婦人が数名。

シャルロッテにはさらに倍、といったところだろうか。

（でも本当に、思ったより皆が好意的だわ。高位貴族で攻撃的なのは、あの最初の女の子……アンネリア様くらいね。まあ、ちびっこだし可愛いものだけれど）

義理の娘とはいえ公爵令嬢に失礼なことはできないのか、内心見下していそうなご婦人方も、表面上はにこやかに接してくる。

何人かのご令嬢、おそらくクリストフを狙っているであろう若い子女からは敵意を感じることもあるが……しかしまあ、睨まれる、軽く無視される、といったくらいで大したことはない。

シャルロッテからすると、正直拍子抜けだったが、しかし。不満げなのはクリストフで。

「おねえさまに敬意を持たない人間は何様なんですか。今後は話したくもありません」

「でも、ここに招かれてるってことは、お付き合いが必要な人たちってことだわ」

憮然（ぶぜん）とするクリストフに諭すように言えば、「でも」と返ってくる。

「お父様はさっき、お母様に失礼な態度の人を二度と呼ばないと言いました。何人かとの付き合いが消えても、公爵家は揺らがないのでは？」

「それは……」

それはそうね、としか言えない。シャルロッテは言葉に詰まる。

「お母様のことを、愛しすぎるあまりの、言葉のアヤってやつじゃないかしら」

「本気だったと思いますが」

正直シラーのことを掴み切れていないシャルロッテは、フォローのしようがなかった。エマに対しては盲目的だし、やりかねないと思う。しかし、ここでクリストフの人脈をつぶすわけにもいかない。

シャルロッテは苦し紛れに言葉を繋ぐ。

「それにね！　私、クリスのお姉ちゃんとして認めてもらいたいの。だから、色んな人とお話ししたいわ」

にっこりと笑うシャルロッテに毒気を抜かれたのか「それなら、付き合いますけど……」と、ちょっともじもじしながらクリストフは矛（ほこ）を収めた。

挨拶に来てもらった後は、こちらがテーブルラウンドをして回る番らしい。

「時間も限られるので、全てのテーブルを回る必要はないだろう」

シラーがほんの少しの紅茶で口を湿らせてそう言った。

これはおそらく、エマに失礼な態度の子爵夫人がいたテーブルを飛ばすためにわざわざ言っている様子。

（クリストフの教育に悪いわね……もうちょっと手本になって貰わないと）

シャルロッテは胡乱な目でシラーを見た。

しかしシラーはどこ吹く風だ。

（まあいいか。さて、テーブルラウンドでは、さっきよりも交流が多くなるはず。会話でボロが出ないよう、公爵家の娘としてふさわしい振る舞いを心がけないと）

気合を入れ直すシャルロッテが一息をつく間もないまま、シラーの合図で一家は立ち上がる。まずはマルカス侯爵家のテーブルらしい。

（ああ、アンネリア様にまた睨まれるかしら。ちょっとは話をしてくれると良いのだけれど）

ゆっくりと歩く一団が到着する頃合いには、ティーセットが整えられていた。

「ファージ、失礼する」

「待っていたぞシラー！」

歯茎を見せて笑うファージ様に勧められ、クリストフと並んで座る。アンネリアが正面に居て、シャルロッテにはまったく視線を寄越さずに「お待ちしておりました！」と、クリストフにだけニコニコ笑顔の大歓迎をしてくれる。が、しかし当の相手である彼は「失礼します」と座る時に挨拶したきり、何を話しかけられても口を開かない。

アンネリアが「お好きなお菓子は何ですか」「私はマフィンが好きですの」「今日もカッコいいですわ！」などなど一方的に話しているが、ガン無視である。そんなアンネリアをさりげなくフォローするように、マルカス侯爵夫人が口を挟んだ。

「アンネリアはクリストフ様のことが大好きで。今日のお茶会も、何日も前から楽しみにしておりましたのよ」

間を置かず、エマがにこやかに「まあ、ありがとうございます」と返す。

「何を話そうって、毎日うるさいくらいでしたの。たくさんお話ししていただけると嬉しいわ」

前半はエマに、後半はクリストフに向けて聞かせるような夫人の言葉。エマは再びにこやかに「ありがたいお言葉ですわ」と、当たり障りのない返しをした。

ここまで一言も口を開かないクリストフと、会話を振られてすらいないシャルロッテ。エマは笑顔の裏では、主役が誰か分かってないのかしら、と苛立ちを覚えていた。

「シャルロッテとアンネリア様は年齢も近いですから、仲良くしていただけると嬉しいわ」

エマがすっとぼけたように、クリストフではなくシャルロッテに対象を切り替えるも「クリストフ様！」というアンネリア本人の声により、そのチャンスはかき消された。

無邪気な甲高いアンネリアの声は、ハートを飛ばしそうな勢いで真っすぐにクリストフへと特攻をかける。

「アンネリアはいつもご本を読んでいます！　クリストフ様は？」

エマが『答えなさい』とクリストフに目くばせをすれば、しかたがない、といった様子でため息を一つ。

「夕食後、おねえさまと読書をします」

「アンネリアと一緒ね！　いつも寝る前に読むの」

「夕食後です」

機械的な返事にも、強引に「一緒ね！」と繰り返すアンネリア。見目麗しく、次期公爵家当主という権力者の座が約束された、年の近い男。それは確かに他に類を見ない優良物件であろう。

（しかしグイグイいくわね。クリス、不愉快じゃないかしら）

シャルロッテがハラハラしながら見守るも、アンネリアにはその焦燥は通じない。

そのうえたまに鋭い一瞥をシャルロッテに投げかけて『入ってくるんじゃないわよ』と言わんばかりの顔をする。

「クリストフ様は何色がお好きですか」

「紫色です」

「王家の色ですものね！　でもアンネリアは赤が好きです、だって、クリストフ様の瞳の色だから！　キャッ、言っちゃった！」

キャー！　と一人ではしゃぐアンネリアを止める者は居ない。夫人は大人の会話でエマを子どもから引き離し、アンネリアとクリストフを二人で会話させておくつもりの様子だ。

好意を伝えて少しもじもじとしたアンネリアは、意を決したように身を乗り出す。

「クリストフ様は、どんな女の子が好きですかっ？」

「おねえさましか好きじゃないです」

「そうじゃなくて！」

「おねえさましか好きじゃないです」

二回も言って、さらにシャルロッテを見つめるクリストフ。シャルロッテは「まあ、ありがとうクリス」と苦笑いをした。

アンネリアの視線が、シャルロッテに向いた。その顔はぎゅうっと眉根に力がこもり、涙ぐんでシワが寄っている。

「こっ、こんな、ちょっと、キレイでっ、かっ、かわいいけどっ！　でもっ、だって、お姉様は、家族でしょっ！　そうじゃなくって、結婚する女の子のこと！　いくら好きでも、家族とは結婚できないんだから！」

（すごい、めげないんだ）

その不屈の精神に敬意を示し、シャルロッテは口を閉ざした。幼い女の子の、恋だろう気持ちを尊重しようと思ったのだ。精神年齢的に遥か彼方上を行くシャルロッテは、しばし無視され睨まれる程度の幼女の攻撃は、正直痛くもかゆくもなかった。

（むしろちょっと可哀想というか……、微笑ましいというか……。可愛いわね、アンネリア様）

しばらく黙りこくるクリストフ。アンネリアは沈黙などお構いなしで「どんな子と結婚するの！ねえ！」と再度しつこく問いかける。クリストフはボソリと答えた。

「結婚相手はまだ分かりません」

「そうよね！　これからよね！」

無表情なクリストフだが、最近表情が読めるようになってきたシャルロッテには分かる。

（これ、なんか嫌なことがあった時の顔ね）

涙をひっこめて笑顔あふれるアンネリアには悪いが、その恋心が実る様子はなさそうである。内心で手を合わせつつ、クリストフが可哀想なのでそろそろ会話に加わろうと口を開いた。

「アンネリア様、私はシャルロッテと申します。お話に混ざっても良いかしら」

「えっ」

ストレートに言われるとは思っていなかったアンネリア。勝手に会話に混ざってきたら無視をするつもりだったが、シャルロッテが予想通りの動きをせずに焦ってしまったようだ。あわあわと周囲を見回して、助けを求めるようにまさかのクリストフに縋るような目を向ける。

「この会、おねえさまが主役ですよ」

何を言っているんですか、と言わんばかりのトーンのクリストフ。

苦笑いを抑えつつ、アンネリアを見つめて言葉を重ねるシャルロッテ。

「二人が楽しそうだったから、仲間に入れてもらえないかと思って」

「そ、そこまで言うなら、いいわよ」

「嬉しいです。アンネリア様は、赤がお好きなのですね」

「そうよ！　ほら、今日の髪飾りも」

栗毛を高い位置で二つにくくったリボンは赤色だった。クリストフの瞳の色を身に着けてくるなど、なんと積極的なことか。感心したシャルロッテがさりげなく会場内の子女を見回すと。

（いる、いるわ。というより、ほとんどの子が身に着けているんじゃないかしら）

シャルロッテは驚愕した。クリストフは、とんでもないモテっぷりのようだ。

するとその当の本人が突然、とんでもないことを言った。

「僕はタイをおねえさまのドレスと揃えました」

「えっ、そうだったの」

「はい。素材も同じ物を使って作らせました」

思わず手を伸ばしてタイに触れれば、シャルロッテの身に着けているドレスとまったく同じ手触りである。

「いつの間に……！」

「僕の贈ったドレスですからね」

少し得意げなクリストフ。

二人の会話をわなわなと震えて聞いていたアンネリアは爆発した。

「っず、ずるいっ……！」

ひぐひぐと泣き出してしまうアンネリア。慌ててシャルロッテが「お義母様……！」と呼んだ時には、既にマルカス夫人が立ち上がっていた。

「次に会う時までに淑女教育をさらに重ねますので。まだ幼い子です。ご容赦くださいませ」

泣くアンネリアを抱き上げて、そそくさと退席していった。

「子どもは長い間座っていられなくて困るな！　いやしかし、公爵家のお二人はご立派だ！　はっはっはっ」

一方で、何も気にしていなさそうなマルカス侯爵は笑ってその背中を見送っている。シラーは退席する夫人とアンネリアをちらりと見て、片方の口の端を上げるに留めていた。

（私たちの会話を聞いて、勝手にキレて泣いた……けど、好きな男の子がポッと出の女にとられそうな感じで、たまらなくなっちゃったのよね。なんだか悪いことしたかもしれないわ）

しゅん、と落ち込んだシャルロッテを見て、エマは小さな声で「災難だったわ。あなたは悪くないからね」と言って頭を撫でてくれる。しばらくしてクリストフにも同じように何かをささやき、優しくハグをしていた。

「ではそろそろ」

「おう！　また今度な！」

シラーが立ち上がり、豪快な笑顔のファージに見送られつつ、次のテーブルへと移ることになる。

次のテーブルは年齢層が高く、ご年配のご夫婦と成人しているだろうご子息が一人。やはり座ると自然な流れで当主同士、夫人同士の会話が弾むので、あぶれた子どもたちが顔を突き合わせることになった。

ご子息は年上らしくリードをとってくれる、笑顔が爽やかな好青年。

「クリストフ君とシャルロッテちゃんは、甘いものは好きかな」

「好きですわ」

「普通です」

愛想を振りまくシャルロッテと、通常運行で無表情なクリストフ。

「さっき食べたけれど、このビスキュイが美味しかったよ」

「わあ！　ありがとうございます」

優しく笑ってお菓子を取り分けてくれる彼は、きっと子どもが好きなのだろう。余所行き(よそゆ)きの笑顔でちょっとオーバーに喜んでみせれば、頬を染めて「可愛いね」「お茶は何が好きかな」「いつもどんな銘柄を飲むの」「街にはカッフェっていうお店があるんだよ」と、次々に話題を振ってくれる。

しかし、どうやらクリストフの機嫌があまりよろしくない。しかたがないので、シャルロッテが無難な返事を返して場をもたせていた。

今だってそうだ。紅茶について語るご子息を見ながら、どうしてかクリストフは渋い顔をしている。

「……という地方の紅茶は、春の一番摘みが甘くて美味しいんだ。飲んだことあるかな？」

「ないですわ。素敵ですね」

「それじゃあ！　よかったら今度、僕のお気に入りの……」

相手が何やら盛り上がって、身を乗り出したその時。

クリストフが手を上げてメイドを呼んだ。

「その地方の春摘み、我が家にありますよ。そんなにお好きならすぐにお出ししましょう」

「あ、ありがとうクリストフ君」

（これは、気を遣ってるのよね……？）

シャルロッテはできる限りフォローしつつ、会話をなんとか丸く収めてにこやかに場を終えた。

そうして次のテーブルへと移動すれば、次はシャルロッテよりも少しお姉さんな女の子が一人。

（この子もクリストフ狙いね。挨拶は返してくれるけど、私の話には興味なさそうだわ）

彼女のリボンも紅く、あからさまにクリストフにアタックを仕掛けている。

「クリストフ様はそのお年でもう馬に乗れるとか。素晴らしいですわ！」

「講師に習っていますので。おねえさまと二人で」

「え、ああ、お二人で……。そういえば、私は手習いで刺繍（ししゅう）をたしなんでおりますのよ。クリストフ様、ご趣味はありまして？」

「僕たちは読書です」

「お忙しいのに、素晴らしいですわ！」

「毎日おねえさまと夕飯後に本を読むのが習慣なので。読書は将来の役に立ちますし」

クリストフの淡々とした返事にひくりと頬を引きつらせ「仲がよろしいのねぇ」と、見当違いにシャルロッテをじろりと睨む子女。すると、ターゲットを変えたらしく、こちらへ話しかけてきた。

「シャルロッテ様は、刺繍はされないのですか？」

「私はまだ……」

「まあまあ！　淑女の嗜みですのよ、私がシャルロッテ様くらいの時にはね……！」

「おねえさまは、僕とまったく同じ授業を受けていますので。忙しいのです」

ぴしゃりとクリストフが言った。

ご令嬢は小さな声で「ご、ごめんなさい」と言ったきり、その後は何も話さなくなってしまった。

その次のテーブルでは、シャルロッテよりも少し年上のご令嬢がいた。彼女は身を乗り出すようにしてクリストフに言葉を投げかけ続け、一生懸命に話しかけている。

氷点下とまでは言わないが、完全に会話を続ける気のないクリストフと、押せ押せな令嬢を見ながらシャルロッテは紅茶で口を湿らせた。

「お野菜は、お好きですか？」「普通です」「お肉は？」「普通です」と、テンポ良く会話は進むが愛想はゼロのクリストフに、ご令嬢が会話をひねってきた。

「では、お勉強されている中では何がお好きなのですか？」

「どれも普通です」

しかしそれも撃沈。

横から眉尻を下げた令嬢の兄が、シャルロッテに話しかけてくる。少し年上だろうか、柔らかな物腰の、黒髪垂れ目の優し気な少年である。

「妹がごめんね。今日も、本当は僕だけの予定だったんだけど『絶対ついて行く！』って聞かなくて」

「いえ、私は何も」

「シャルロッテ様、気を悪くしたんじゃないかと思ってた。良かったよ」

「気にしておりませんわ」

テーブルに座った瞬間からクリストフに怒涛の質問攻めをしている令嬢は、当然シャルロッテへの興味はゼロだった。一応挨拶はしてくれたし、礼儀的には問題がないので気にはならないが。

（また泣かれたらどうしようって、ちょっとだけハラハラするわ）

二人の様子を眺めつつ、ぽつりぽつりとシャルロッテと少年は会話を交わす。

「じゃあ、シャルロッテ様は乗馬もしてるんだ」

「まだまだですけれど、馬が好きで」

「馬に触れない女の子も多いのに、すごい勇気だと思うよ」

「そんなことありませんわ」

しばらくすれば会話も滑らかになり、ほのぼのとした空気感。シャルロッテは、ここにきて初めて一息つくことができた。少しリラックスして会話を楽しんでいると、突然グイッと手を引かれる。

「どうしたの、クリス」

斜め前では、ご令嬢が何かを熱心に話しかけているのに。

クリストフの紅い瞳はシャルロッテの方だけを向いている。

「きゃっ、な、なに」

グイグイと手を引っ張られて、クリストフの方へと体が傾く。

「ちょっと、どうしたの」

段々とクリストフの顔が近づいてきて、そして。

正面に座る少年の目が大きく見開かれた。

クリストフの唇が、シャルロッテの耳に触れたのだ。

小さく小さくささやかれる、クリストフの声。

「他の人にばっかり気をとられないで。僕と居るって、忘れないでください」

パッと離れて耳を押さえれば、クリストフはすこし拗ねたような顔をしている。

声にならない抗議でクリストフを睨み付けるも、ふいっと視線を逸らされてしまった。

「あー、えっと。クリストフ様は、シャルロッテ様が大好きなんだね」

正面の少年の苦笑いが只々（ただただ）いたたまれなく、シャルロッテは残りの時間をもぞもぞして過ごすことになってしまった。


お見送りが終わって邸内に戻ろうとしたときに足を止めたシラーの、シャルロッテへの評価。

「まあまあだったな。途中気を抜いただろう」

「すみませんでした……」

バレていたらしい。何回か気を抜いた場面のあったシャルロッテは素直に反省の意を示す。シラーは「だいたい、クリストフの……」と、何か具体的な批評を言おうとしていたが、それは続かなかった。笑顔のエマがずいっと割り込んできて「シャルもクリスもよくできたわよ〜！　素晴らしかったわ！」と、ふわりと抱きしめてくれたからだ。

エマの柔らかな香りに包まれながら、シャルロッテは他の貴族家庭の夫人たちの姿を思い出していた。特に、目の上が紫色で肥え太ったご夫人の姿が思い浮かぶ。少し会話するだけでも消耗して大変だった。

（うちは優しくてキレイなお義母様でよかったなぁ）

「ありがとうございます。今回、お義母様がいてくれてよかったです。あれでプラスご夫人方のお相手もしていたら……大変でした」

震えるようなしぐさでおどけてみせるシャルロッテに、エマは眉尻を下げる。

「いるのが当然なのよ。これからもできる限り戻るようにするけど……負担をかける時もあると思うわ。ごめんなさいね」

「僕は平気です。おねえさまも、僕が守ります」

黙っていたクリストフが突然しゃべりだした。エマとシャルロッテは微笑まし気にそれを見ていれば、疎外感を感じたのか、シラーがやってきてエマの肩を抱く。

「私に言えばいいだろう」

「シラーは極端なことをするから……」

「お前たちも、何か理不尽なこと、嫌なことがあったら言うように」

苦笑いのエマの額に口づけてから、子ども二人へとシラーは言った。子ども二人はエマの腕の中から抜け出して「分かりました」と良い子のお返事をする。シャルロッテから見ると、どことなく残念な感じは否めないシラーであるが、言えば頼りにはなるだろう。

（クリストフも、やっぱりとびぬけて賢かったなぁ。拗ねちゃったりするところは、まだまだ子どもっぽいけど）

ちらりとその整った横顔を見ながら、シャルロッテはアンネリアの子どもらしい癇癪の様子を思い出す。クリストフが駄々をこねている姿は想像がつかない。視線に気が付いたクリストフに手をとられ、二人で手を繋いで歩き出す。

そうして四人で歩きながら屋敷へ戻る姿は、どこからどう見ても〝家族〟そのものであった。

エピローグ

「おねえさま」

舌ったらずの甘やかな声が、こっちを見て、とシャルロッテの名前を呼ぶ。

「どうしたの、クリス」

もうすっかり大きくなったというのに、いまだにシャルロッテを呼ぶときにだけ幼くなるのが可愛くて、ふふふ、と笑みがこぼれた。

クリストフが手に持った菓子を置いてそっとシャルロッテの髪に触れる。

「おねえさまこそ。何が書いてあったんですか」

「なんでもないわ。アンネリア様からのお誘いよ、一緒に行く？」

シャルロッテの手元には、アンネリアからの手紙が開かれていた。お茶に誘ってくれる手紙で、宛先はクリストフではなくシャルロッテだ。

シャルロッテの髪を整えるように手櫛で梳いたクリストフはすぐに頷く。

「おねえさまが行くなら、僕も行きます」

「そう言うと思った」

また再び、ふふふ、と笑うシャルロッテ。

柔らかな陽の注ぐ、午後の部屋。

くつろいでソファに背を預け、シャルロッテは横に座るクリストフの横顔を眺めれば、どうしてか強張ったような表情で。

どうかしたの、とシャルロッテが問いかけるその前に、クリストフが口を開いた。

「おねえさまは、僕と居て楽しいですか……？」

それは少し掠れるような、小さな声。

いつもの淡々としたクリストフからは想像もつかない、少し怯えたような問いかけだった。

目も合わさずに投げかけられたその声は、クリストフの心の柔らかな部分なのだろう。

「好きよ」

それ以外に答える言葉を持たないシャルロッテは、一言に全ての気持ちを込めてもう一度「大好きよ、クリス」と繰り返す。

少し間を詰めて、逃がさないぞとばかりにクリストフにぴたりとくっついたシャルロッテは笑って頭を下げた。

「あなたといる時間が一番幸せよ。これからもよろしくね」

よくある言葉だが、二人には大切な確認だ。近距離で絡まった視線に、安心したようにクリストフの顔の強張りがほどけた。それに微笑みを溢したシャルロッテが「二人で色んなことがしたいわ」と言えば、素直に頷いたクリストフはもう、いつも通りで。


「そういえば、グウェインが来てほしいって言ってました」

「まあ、早く行かなくちゃ！」

慌てて立ち上がるシャルロッテに、エスコートするように肘(ひじ)を差し出すクリストフ。

当たり前のように添えられた華奢な手と、馴染みのある歩幅で歩き出す二人が連れだって歩くのはもう日常で。


「ありがとう、クリス」

「こちらこそ」

微笑み合うことが当たり前となった今が、二人は何より大切だった。

サイコな黒幕の義姉ちゃん

サイコな黒幕の義姉ちゃん　1

＊本作は「小説家になろう」（https://syosetu.com/）に掲載されていた作品を、大幅に加筆修正したものとなります。
＊この作品はフィクションです。実在の人物・団体・事件・地名・名称等とは一切関係ありません。

2024年5月20日　第一刷発行

著者 …… 59

イラスト …… カズアキ
発行者 …… 辻 政英
発行所 …… 株式会社フロンティアワークス
〒170-0013　東京都豊島区東池袋3-22-17
東池袋セントラルプレイス5F
営業　TEL 03-5957-1030　FAX 03-5957-1533
アリアンローズ公式サイト　https://arianrose.jp/
フォーマットデザイン …… ウエダデザイン室
装丁デザイン …… 鈴木佳成［Pic/kel］
印刷所 …… シナノ書籍印刷株式会社